アフガンの息子たち

エーリン・ペーション

ヘレンハルメ美穂 訳

DE AFGHANSKA SÖNERNA　Elin Persson

小学館

アフガンの息子たち

DE AFGHANSKA SÖNERNA
by Elin Persson

First published by Bonnier Carlsen
Published by arrangement with Nordin Agency, Sweden
through Tuttle-Mori Agency, Inc., Tokyo

目次

装画　小山義人
装幀　重実生哉

男の子たち、みんなへ。
あの日々をありがとう。明るい日々も、暗い日々も。

樹皮の厚い楓《かえで》の木が、建物の脇に大きく茂っている。建物は灰色で、窓の数は三十ほどだろうか。どれにもブラインドがかかっていて、ななめになっているもの、完全に閉まっているもの、いろいろだ。ハイイロガラスが屋根に降りたち、カァと声をあげる。部屋のひとつに若者が立っていて、外を見ている。胸を横切るように走る傷痕。その目はあちこちに向けられている。だれを探しているのだろう？　となりの部屋では、べつの少年が眠っている。枕を抱きしめていて、アラームが鳴っても目を覚まさない。なんの夢を見ているのだろう？　夢の中で、彼はどの国を、どの土地を歩いているのだろう？　そのとなりの部屋では、またべつの若者がベッドの縁に座って、外を見ている。なぜ眠っていないのだろう？　最後に眠ったのはいつだろう？　薬はのんだだろうか？　ちゃんとのみこんだところをだれかが見届けただろうか？　彼らの部屋の向こうには廊下が伸び、その奥の壁に時計が掛かっていて、着々と時を刻んでいる。今日は月曜日、火曜日、水曜日、木曜日、金曜日、土曜日、日曜日。ここはスウェーデンの小都市だ。どの都市かは重要ではない。ただ、そばに水が——湖か、川があって、石を投げ入れることができる。水面《みなも》にかすかなざわめきを残して消える石。

ザーヘル

わたしの職場で働いているのは、軸のない人たちだ。命令にしたがう人たち。わたしは面接を受けたとき、採用されると思っていなかった。トラウマ治療とか、社会統合とか、そういうことについてなんの知識もないから。けれど、そのたぐいの質問はひとつもされなかった。聞かれたのは――ここに住んでる男の子の部屋のドアを開けたら、その子が中で首を吊《つ》っていたとする。あなたならどう反応する？　わたしはしばらく黙っていたけれど、やがて答えた。どうするべきなんでしょうか。所長はなにかメモしていた。爪が長くて、ラメがぎらぎら光っていた。それから満足そうにうなずいて、言った。いまのは、いい答えね。あなたは指示どおりに仕事をする人だということがわかる。

　わたしは指示どおりに仕事をする。期待されていることをする。わたしの腕の中でだれかが泣いていれば、肩をぽんぽんたたいてあげる。廊下を歩き、ドアをノックし、深呼吸して、開ける。

　職員室ではみんな、ここに住んでいる子たちの噂《うわさ》をする。あの子、あごひげが生えてきたでしょう。あの子の手、見た？　あの歳《とし》で手にあんなに毛が生えるなんて、ありえないよね。ここにいることで、わたしは人間らしくなるのか、逆に人間らしさを失うのか、なんとも言いがたい。

職員のわたしたちには、それぞれ番号がふられている。ズボンのベルトにつけるタグキーがあって、それがあればどのドアでも開けられるし、所長はそれでわたしたちの居場所を把握できる。建物の中でわたしたちが見えない存在になれるのは、地下階だけだ。ごみ収集室のある階。わたしははじめのころ、地下に行くのが怖かった。地下から離れられなくなってしまいそうで。

　でもいまは、地下に下りていくことが増えた。わたしは壁沿いに置いてある段ボール箱に座る。石の壁を指先でいじる。黄色のペンキがひび割れている。そうして剝《は》げて落ちる破片をかき集めて、小さな山にする。

　地下でほかの職員に出会うこともたまにある。わたしたちは礼儀正しくあいさつをする。それぞれの仕事を済ませる。なにはともあれ、わたしたちは大切な仕事をしているのだ、と自分に言い聞かせる。スウェーデンでなにより大切な仕事。上の人たちに言われたことだ。こんがり日焼けして、白いシャツを着て、真珠のイヤリングをしている人たち。地下階で段ボール箱に座ったりしない人たち。

所長の指示で、新しくここに移ってくる男の子をわたしが迎えることになった。十四歳で、アフガニスタン出身。ここにいる子たちはみんなそうだ。スウェーデンに来て四か月だという。社会福祉局の評価書には、時間を守れる、非喫煙者、歯の状態は良好、眼鏡《めがね》なし、薬物検査は陰性、とある。

わたしはワードファイルにその子の名前を書き入れる。文字を拡大して、フォントを変更。印刷。

ザーヘル・ジャファリ

ラミネート加工して切り取り、ドアに掲げる小さなネームプレートにする。倉庫から、シーツと掛けぶとんカバー、タオル、歯ブラシ、デオドラント、石けんを取ってくる。区画に戻り、五番のドアへ。中にはベッドが置いてある。幅九十センチ。その上に、折りたたんだ掛けぶとんが置いてある。ナイトテーブルには煙草《たばこ》を押しつけた跡が残っている。ブラインドは壊れていて、窓にななめに掛かっている。

トイレのドアを開け、便座のふたの上にタオルを置く。敷居にひびが入っている。わたしは人差し指でそのひびに触れる。強く指を押しつけると、血が出てくる。指に紙を巻いて部屋を出る。ドアにネームプレートを貼りつける。事務室へ行き、用紙を手に取る——不具合報告書。〝五号室の敷居、けがの危険があるため要対処〟

わたしは正面出入口でザーヘルを迎える。社会福祉局の女性が別れぎわにザーヘルを抱擁する。わたしはしばらく待ってから、ザーヘルに片手を差しだす。慎重な握手。指の骨がいまにも折れそうな手だ。わたしの名前はレベッカです、とわたしは言う。ザーヘルです、と彼は答える。そしてわたしのあとについて廊下を歩く。わたしはまだ、なにも質問しない。メモ帳を手元に置けるまでは、なにも聞くわけにいかない。

ザーヘルの頬はふっくらしている。髪の毛がごわつきだす前の、子ども独特の巻き毛。硬くなって赤らんだ肌。ところどころ炎症を起こしている。湿疹《しっしん》だろうか。胸がへこんで見える。まるで空気が抜けてしまったようだ。腰は細い。靴下の上に、ラメ入りプラスチックのサンダルをはいている。ストラップがきつく足を包んでいる。くるぶしのそばの小さな留め金は、しっかり留めてある。

どことなく鳥を連想させる子だ。空を飛ぼうとした人みたい。高い台の上に立って、両腕を広げて、目を閉じて、だいじょうぶと信じて飛びたった。そんなふうに考えてしまうのは、そんなふうに考えずにはいられないからだ。いま、この瞬間から、この子のいちばん近しい家族はわたしの職場なのだから。この子はだれかの息子で、だれかの兄弟だけれど、この子になにかあったら、わたしのズボンの後ろポケットに入っている携帯電話が鳴ることになる。

ザーヘルは空色のビニール袋を肩にかついでいる。この国に来たばかりの人が入る滞在施設で、なにも持ちものがない人に支給される袋だ。わたしは尋ねる——荷物、それで全部？　ザーヘルは答えない。

　わたしたちは〈大海〉と名づけられた談話室に入る。壁は卵の殻の色をしている。ブラインドの下がった窓の手前に、ひじ掛け椅子が二脚。わたしは電灯をつける。どうぞ、と声をかけると、ザーヘルが部屋に入る。わたしは紫色のひじ掛け椅子を選ぶ。なるべくドアに近いところにいたほうが、暴力のリスクを最小限に抑えられる。新人研修でそう教わった。なにか飲みたい？　ザーヘルにそう尋ねてみる。テーブルに置いてある水差しから、グラスふたつに水を注ぐ。

　わたしは所長に渡されたファイルを開く。チェックリスト。最初の項目は、通訳に電話することだ。わたしは、ザーヘルとのあいだのテーブルに置いてある通訳用の固定電話を使い、番号を押す。

　もしもし、ＨＶＢホーム（Hem för vård eller boende「ケアまたは居住のための施設」の略語）〈火花《グニスタン》〉のレベッカと申します、依頼人ザーヘル・ジャファリの登録をするところなんですが。通訳はわたしに自己紹介し、それからダリー語でザーヘルにも自己紹介をする。するとザーヘルの胸郭に空気が入り、ぐっとふくらむ。まなざしが息を吹きかえし、ザーヘルは通訳に返事をする。思っていたよりも低い声だ。わたしは通訳に、これからオリエンテーションをします、ザーヘルに必要なものを最善の形で提供できるよう、質問に答えてもらいたいのです、と説明する。

名前を尋ねる。年齢。出身地。いつもなにを食べているか。

メモをとる――

〝ザーヘル・ジャファリ。十四歳。アフガニスタン。ふつうの食事〟

わたしはメモを読みあげる。通訳がそれをダリー語に訳して、ザーヘルも承認する。三人での、引き伸ばされた会話。わたしとザーヘルがいちばん遠い。

ふつうの食事というと、具体的には？

通訳が答える――米、パスタ、羊肉、鶏肉です。治療はなにか必要ですか、とわたしは尋ねる。歯医者とか、眼鏡とか、薬とか、そのほかのケアは。

通訳は質問を訳し、それから、いいえ、と答える。わたしはこう書きつける――

〝ナシ〟

ザーヘルの家族について尋ねる。逃れてきたときのことについて。眠れないことはあるか。精神状態は健康か。通訳とザーヘルは長いあいだ話しこみ、それから通訳が答える――ザーヘルは、いま自分はここにいる、それでいい、と言っています。

ここには、ひとりで国を逃れてきた十八歳までの子どもたちの部屋が三十室あります、とわたしは説明する。ザーヘルが入る区画では、アフガニスタン出身の男の子三人が暮らすことになります。すでにふたりいるので、ザーヘルが三人目です。それぞれにバスルーム付きの個室があって、キッチンと多目的室は共同です。キッチンでは八時に朝食を、十三時に昼食を、十八時に夕食を出します。職員はここに一日二十四時間、ずっといるから、用があったらいつでも声をかけてかまいません。これから区画に案内するけど、なにかほかに質問はありますか。

通訳が言う――ザーヘルは、自分の部屋でひとりで寝ることになるのか、と聞いています。

そうです、とわたしは答える。

十七時五十分。わたしはソデクソ社製の食事パックをテーブルに出す。ひとり分ずつに分けてパックしてある食事だ。同僚のアニカの提案で、手作りのような雰囲気を出すため、パックの中身を鍋やフライパンに盛りつけることになっている。

メニューは鶏の骨付きもも肉、米、ロードアイランド・ドレッシング。わたしは電子レンジで食事を温めてから、米を鍋に空け、鶏肉をオーブン用の耐熱皿に並べる。ドレッシングをボウルに注いで、テーブルに置く。

アフメドが部屋に入ってきた。上半身は裸で、下はアディダスのズボンだ。両手を合わせて、鶏肉が出たことを神に感謝している。煙のにおいを漂わせている。骨付き肉にかぶりつき、肉を噛《か》みちぎる。ねえ、アフメド、Ｔシャツかなにか着てきて。そう言うと、アフメドは軽く舌打ちをする。うるせえな、という意味だ。

アフメドがここに来たのは八か月前で、わたしより先だった。わたしが働きはじめたころ、面倒をみてくれたのはアフメドだ。何時に食事を出せばいいか教えてくれた。コンロのタイマーの使い方も、どんなスパイスが必要かも教えてくれた。わたしを騙《だま》したことも何度かあって、たとえばコカ・コーラ三本飲んでいいってアニカに言われたというから、そのとおりに出してしまったりもした。信用できる相手ではないけれど、それでもわたしはここで、だれよりもアフメドのことを信用している。

ハーミドが自室のドアを開ける音が聞こえる。巻き毛をきれいにとかしつけ、白いトーブ姿ですうっと出てくる。頭を下げてから食卓につく。ナプキンをひざに置く。こんばんは、とわたしが声をかけると、ハーミドはうなずいて応える。アフメドが黒いタンクトップ姿で戻ってきて、ハーミドの肩に手を置く。ハーミドがかなりの量の食事を皿に盛り、それをアフメドとふたりで食べる。米を指で固めて、ソースをつけてから口に入れる。

わたしはザーヘルの部屋に行き、ドアをノックする。返事がない。またノックする。自分のタグキーを使ってドアを開ける。ザーヘルは机の前の椅子に座っている。足にはまだ、あのラメ入りサンダルをはいたままだ。ごはんだよ。ザーヘルはキッチンまでついてくる。こちらはザーヘル、これからここでいっしょに暮らすの。ザーヘルはあとずさっている。アフメドが近寄っていって、ザーヘルの肩を抱き、ダリー語に切り替える。そうして食卓まで連れてきてくれる。

ハーミドがザーヘルに向かって、こくりとうなずいてみせる。鶏肉、好き？　ザーヘルはうなずく。アフメドがザーヘルの皿に骨付きもも肉を載せる。ハーミドは米の入った鍋をザーヘルのほうに押しやる。ザーヘルは杓子《しゃくし》で何度か米をかき集めて、皿に山盛りにする。わたしは小皿を出して、自分のために少しだけ米をよそう。いっしょに食事をする義務はないけれど、わたしがいることで気まずくならないよう、こうして食べることもある。

アフメドは骨付きもも肉を四つ、ハーミドは三つ食べた。ザーヘルはひとつも食べていない。もうちょっと食べない？　いいです、ザーヘルはそう言って立ちあがる。皿を置きっぱなしにして、自分の部屋へ行ってしまう。アフメドがザーヘルの皿をつかんで、残った米を生ごみコンポスト用の袋に入れる。アフメド、あの子にも自分でちゃんと片付けることを覚えてもらわないと。でも子どもだ、あいつ！　アフメドはそう言って、皿を水ですすぐ。十四歳だよ、とわたしは言う。おいおい、母ちゃんいなきゃだめじゃんか。アフメドは皿を食器洗浄機に入れる。これからはわたしたちが面倒をみてあげないとね、とわたしは言う。

ザーヘルを担当している福祉局の人に電話——ザーヘルが持ってきた以外に荷物があるかどうか、ご存じですか?　あれで全部です、という答え。あと三週間で学校が始まるんです。着替えが要ります。そう伝えると、どうしても必要なもののリストを送ってください、と福祉局の人が言う。

わたしは部屋から出てきたザーヘルをつかまえる。紙とペンを持って、キッチンの食卓につく。スウェーデンでは、持ってないものを買うお金をもらうために、申し込みをすることができるの。なにが要りそう？　ザーヘルは肩をすくめる。ジャケットとか？　ザーヘルはうなずく。靴下は？　下着は？　ジーンズは？　やがてリストができあがる。

下着　5
靴下　5
ジーンズ　1
短パン　1
Tシャツ　3
ジャケット　1
スニーカー　1
体育用の運動靴　1

わたしたちは〈H&M〉と〈ジャック&ジョーンズ〉に行く。ザーヘルは高いものをいくつか買うより、安いものをたくさん買うほうがいいらしい。試着室でいろいろな服を試していて、わたしは外で座って待っている。服を着たまま出てきて見せてくれることはない。ただ、たたんだ服を手に持って出てきて、こくりとうなずくだけだ。

帰り道、ザーヘルは紙袋やビニール袋を七つ持っている。手伝おうか。そう尋ねると、自分で持ちたいと言う。バスに乗ろうかと尋ねても、歩くほうがいいと言う。わたしは聞いてみる——お母さんやお父さん、きょうだいとは連絡をとれてる？　袋が擦《こす》れて音をたてる。

施設に戻ると、わたしは日誌に記入する。〝ザーヘル、衣類一式を購入、千二百クローナ。家族について話そうとしてみたが反応なし〟

わたしは職員室で腰を下ろし、ザーヘルについての日誌を出す。難民トラウマケアセンターに電話。もしもし、ＨＶＢホーム〈火花《グニスタン》〉のレベッカです。きょう、空き時間ありますか？　名前は、ゼブラのZ、アントンのA、ハラルドのH、エレファントのE、ラグナルのRです。

わたしとザーヘルは、待合室の簡素な木の椅子に座っている。ザーヘルは無言で窓の外を見ている。向かい側に、ザーヘルと同年代の男の子が座っている。ふたりは軽くうなずきあい、ダリー語でひとことだけ言葉を交わす。知り合い？　そうささやきかけると、ザーヘルは首を横に振る。

あごひげの濃い大柄な男の人が待合室に入ってきた。わたしは立ちあがってその人と握手する。オーラ・マッティンソン、と名札にある。わたしはザーヘルに、ついてきて、と声をかける。室内には、青いひじ掛け椅子が二脚、向かい合わせに置いてある。わたしは隅の木製スツールに腰を下ろす。

ひじ掛け椅子のあいだのテーブルには通訳用の固定電話があり、そのとなりに世界地図が置いてある。オーラ・マッティンソンが電話に向かって話すと応答があった。通訳がダリー語で自己紹介をし、ザーヘルが返事をする。通訳がオーラ・マッティンソンに言う――これは尋問ですかとザーヘルが言っています。いや、気軽なミーティングで、ザーヘルの気分をよくするためにおこなうものですよ、とオーラ・マッティンソンは説明する。ここで話した内容が、部屋の外に漏れることはいっさいありません。ザーヘルはドアを見る。

オーラ・マッティンソンが地図を指さす。きみは、ここから来たんだよね？　どういうルートをたどってきたのかな？　バスに乗った？　それとも、船？　夜は眠れているかい？　いやなことを思い出してつらくなることはある？　家族のことは考える？

ザーヘルは答える——つらいです、夜は眠れないこともあります、でも、それについて話すほうがもっとつらいです。帰りたいです。オーラ・マッティンソンは、ここにとどまるかどうかはきみの自由だが、つらいことについて人と話をすると、気分がましになることもあるよ、と言う。

帰り道、わたしはザーヘルがだいじょうぶかどうか確かめたくて、ザーヘルのようすをうかがう。どう思った？　ほんとに、もう行きたくない？　ザーヘルは言う——どうして、行く？　これまでにあったことを話すのは、ザーヘルにとっていいことかもしれないからだよ。

ザーヘルはただ、前を見ている。

わたしは流し台の前に立っている。流しには、お湯がなみなみと入っている。洗剤のあぶく。わたしは慣れた手つきで皿をくるくるなぞる。アニカがキッチンに入ってくる。調子はどう？　わたしは答える――ザーヘルのこと考えちゃって。あの子、眠れないんだそうです。難民トラウマケアセンターでもぜんぜん話そうとしなくて、全部抱えこんでて。アニカは言う――考えすぎちゃだめよ、ここの子たちのこと。そういうことは心理士の先生にまかせなさい。わたしたちはできるかぎりのことをするだけ。わたしは水切りラックに皿を並べる。ナイフやフォークのそばでは慎重に手を動かす。

夜、わたしはザーヘルの部屋のドアをノックする。入ってもいい？　開けると、そこにはだれもいない。青い毛布をガムテープでぶら下げて、居住スペースとの仕切りにしているのだ。ザーヘルがその下のほうを脇に寄せてくれて、わたしは身をかがめて毛布をくぐって中に入る。

わたしがナイトテーブルの上に立ててある写真を見ていることに、ザーヘルは気づく。テーブルに向かい、写真を取ってきてくれる。傷だらけの写真だけれど、なにが写っているかはよくわかる。ザーヘルと同じ均整のとれた顔のお母さん。真剣なまなざしのお父さん。金色の細かい装飾が入ったソファーに座っている。床には、子どもたちが座っている。ひとり、ふたり、三人、四人、五人、六人、七人だ。ザーヘルが写真を指さして言う――家族。

わたしは写真の中にザーヘルを探す。ザーヘルはどれ？　ザーヘルが指さしたのは、あぐらをかいて座っている男の子で、眉毛は薄く、髪の毛はうっすらとカールしている。で、このみんなが、ザーヘルのきょうだい？　ザーヘルはうなずく。名前は？　ザーヘルは左から順に指さして、言う――ファティマ……アリ……あと、忘れた。

出ていこうとしたところで、わたしはたたんだままの寝具カバーが椅子に置いてあることとに気づく。掛けぶとんも、枕も、むきだしのままベッドに置いてある。カバーかけるの、手伝おうか？　ザーヘルはうなずく。わたしはふとんカバーの穴から中に手を入れて、手探りでふとんをつかみ、ぶんぶん振って、それからベッドの上に広げる。こうするんだよ。そう言うと、カバーからまたふとんを出して、ザーヘルに差しだす。こんどはザーヘルの番ね。ザーヘルの細い、青白い手が、ふとんカバーの中に入って手探りし、ふとんをつかんで、ぶんぶん振る。わたしも手伝っていっしょに寝具にカバーをかけ、ベッドをきれいに整える。ありがとうございます、とザーヘルが言う。

　わたしはドアのところで立ち止まり、敷居を見下ろす。ちゃんと修理してある。わたしはなめらかになった木を指でなぞる。

羽根と、紙と、水彩絵の具と、ラメ入りペンと、卵をテーブルに置く。アフメドがバッグを肩にかついで学校から帰ってくる。どうした、これ《ワッツ・アップ》？　イースターだからだよ。イースターってどういう意味？　わたしはグーグルで検索し、出てきた情報を読みあげる。イエス・キリストが苦しんで死に、復活したことを祝う祝日、だって。アフメドは羽根を一本手に取る。イエス・キリストって、ニワトリだったか？

アフメドは腰を下ろすと、黒の水彩絵の具に筆をつっこんで、紙から絵の具のしぶきが飛ぶほどに、ぐるぐる、ぐるぐる丸を描く。ザーヘルが入ってきて、テーブルに置いてあったピンクの羽根を手に取る。指先でいじったり、頬を撫《な》でたりしている。イースターってなにか知ってる？　はい、とザーヘルは答える。おまえ、キリスト教徒なの？　アフメドが尋ねると、ザーヘルはダリー語で答える。

アフメドがいなくなると、ザーヘルはわたしのとなりに座る。大きな紙に、ピンクと赤とラメ入りペンで絵を描いている。文字もある——会いたい、大好き、ママはぼくの天使。その上からラメパウダーをふりかける。すごい、ちゃんと書けてるじゃない、とわたしは言う。どこで習ったの？　学校で、とザーヘルは答える。どこの学校？　ボーデンに住んでた。一時滞在施設。

これ、もらってもいい？　ザーヘルが羽根を指さす。好きなだけ取っていっていいよ。そう言うと、ザーヘルは羽根をわしづかみにする。わたしは片付けを始める。材料を全部工作用品の棚に戻して、鍵をかける。だれかが勝手に開けて、はさみを取っていくことのないようにしなければならない。

　わたしは職員室に行き、パソコン前の椅子に腰かけてきょうの日誌を書く。ザーヘルがドアをノックしてきた。部屋に来てほしいという。わたしは狭い歩幅でせかせか歩くザーヘルのあとを追いかける。部屋に入ると、ザーヘルが仕切りの毛布を持ち上げて、わたしもくぐれるようにしてくれる。それで目に入ったのは、ザーヘルが羽根でつくった大きなハート形の壁掛けだ。まんなかに家族の写真が貼ってある。ザーヘルを見ると、ザーヘルはにっこり笑う。小さな白い歯がまるで真珠のようだ。

夜、ザーヘルが、アフメドの部屋で寝てもいいかと尋ねてくる。アフメドには聞いたの？ ザーヘルはうなずく。いっしょに職員室までついてきて、外泊届けに記入する。暗闇が怖い？ わたしが尋ねると、ザーヘルは言う——クラヤミって、なに？

夜が怖い？

ときどき部屋にだれかいる、とザーヘルは言う。トイレ行って、見る、だれもいない、ベッドの下見る、だれもいない。寝ようとすると、またいる。

だれかって、だれだと思うの？ そう尋ねると、ザーヘルは言う——タリバンかも。ぼくを見つけて、殺したい。

わたしは用紙に署名してから、それをファイルに入れる。ねえ、ザーヘル、きみの部屋にはだれも入れないよ。入れるのは職員だけだし、鍵を持ってるのはきみでしょ。ザーヘルはうなずく。

ときどき、天使かもって思う、とザーヘルは言う。兄ちゃんが天使で、それで、あいさつに来てるかも。

ザーヘルが学校に行く日がやってきた。わたしはアフメドの部屋のドアをノックして、開ける。ふたりは床に寝具を置いて、同じ枕を使って寝ている。ふたりの髪がふさふさと広がってまざりあっている。わたしはブラインドを上げ、キッチンへ向かう。

ザーヘルは学期途中で六年生に編入する。ハーミドが初日だけ、高校での授業に行く前にザーヘルに付き添うと約束してくれた。ハーミドとアフメドは高校入学や職業訓練のための準備コースに通っている。ハーミドはすでに三科目で合格点を取っていて、母さんの希望だから医者かエンジニアになりたい、と言っている。アフメドは、理容師になりたい、そうすれば友だちみんなの髪を切ってあげられるから、とのことだ。

ザーヘルが新しい服を着てキッチンに入ってくる。水色のジーンズに、太字でＢＩＥＢＥＲとプリントしてある白いＴシャツ。ラメ入りのサンダルはあいかわらずだ。髪の毛はヘアスプレーでセットされている。ジャスティン・ビーバー、好きなの？　そう聞くと、ザーヘルは答える——それ、食べたことない。

ハーミドがザーヘルを呼び、ふたりはいっしょに学校へ向かう。わたしは窓辺に立って、道の向こうへ消えていくふたりを眺める。背の高い体と並んだ、背の低い体。ソファーに腰を下ろすと、廊下からなにやら口ずさんでいる声が聞こえる——〝*Got to love you. Got to love you*〟。廊下に出てみると、アフメドが角を曲がってくるところだ。アフメドがにかっと笑う。目が細くなる。手を出してきて、ハイタッチをしようとした瞬間、アフメドは手を引っこめて髪をかきあげる。ちょっと、学校行かないの？　アフメドは声を大きくして歌いつづける――〝*Got to love you. Got to love you*〟。わたしは一歩あとずさり、声をあげる。アフメド、どこ行くの？　アフメドは腰を振って踊りながら、自分の部屋に戻っていく。

アフメド

午後、キッチンでアフメドに出会う。黒いエナメル靴をはいていて、牛乳をパックから直接飲んでいる。シャツの襟はぴんと立ち、小さな四角いダイヤモンドのイヤリングがのぞいている。かっこいいじゃない。わたしはアフメドの手から牛乳パックを奪いとる。女の子に会った。へえ、なんて名前？　アフメドは答える——トーヴェか、リーナ、ローヴィだったかな？

　ポケットを手探りして、コインを載せた手を差しだしてくる。銀、金、銅のコイン。花ってさ、いくら？　コープなら三十九クローナで売ってるよ、とわたしは答える。どの花買ったらいい？　やっぱりバラがきれいなんじゃないかな。バラって、どんなの？　グーグルでバラを検索すると、アフメドは、こんなきれいな花見たことない、と言う。

　出かける前に、アフメドはわたしの耳元で両手を丸め、耳打ちする——コンドームもらってもいい？　連れ立って職員室に向かい、わたしはコンドームの入っている戸棚を開ける。どの種類がいい？　種類って？　いろんな味のがあるみたい。イチゴ、バナナ、ラズベリー。どうしてコンドームに味ついてるんだよ。味のないのもあるよ。味のないのがいい、とアフメドは言う。

　箱を開ける。これさ、どうやってつけんの？　それは友だちに聞いてよ、とわたしは答える。だれも知らないんだよ。わたしはキッチンの食料庫に行って、バナナを取ってきて、アフメドに渡す。それで練習しなさい。アフメドはバナナを手に持って職員室を出ていく。

夜、アフメドが多目的室に入ってくる。壁を、調理台をトントンたたきながら、ステレオに向かっていく。自分のスマホをつなげて、『オーム・シャンティ・オーム』という曲をかける。細い腰をかくかく振りはじめる。肩を前後に揺らす。わたしの両手をとって、家具のない空間に連れ出す。歌いながらわたしをくるくる回す。ハーミドが部屋に入ってきて、手拍子を始める。ザーヘルもそばにいて、いっしょに手をたたく。アフメドは肩を回しながら、床に腰を落としていく。頭をのけぞらせて、目を閉じる。英語でわめきだす――愛してるぜ、うるわしのリーナ、おれの奥さん、おれの子どもの母さん、おれの恋人。

朝、わたしは楢《なら》の並木道を自転車で走る。川のそばを通る。教会。ＩＣＡ《イーカ》スーパー。モスクの前に植わっている桜の花が咲きはじめている。あたりを舞うピンクの花びら。自転車道路のつきあたりに、灰色の建物がそびえている。この界隈《かいわい》の亡霊だ。わたしは自転車に乗ったまま建物の駐車場に入っていく。後輪も、前輪も、両方鍵をかける。通行証をかざす。青信号のマーク。ドアを開けて、それが閉まると、わたしはぐいとドアを引き、自動で鍵がかかったことを確かめる。

　職員室で、わたしはアラームのスイッチを入れる。腰にひとつ。首にかけるのがひとつ。はいていたスニーカーを脱いで、スリッパにはき替える。革がつま先にぶつかるのを感じる。階段を上がる。廊下を進む。キッチンで立ち止まる。

　よごれた皿が流し台のあちこちに置いてある。ごみのにおい。けだるそうに飛びまわる蠅《はえ》。わたしは髪をひとつにまとめる。透明な使い捨てビニール手袋をつけて、あらゆる表面にまんべんなく洗剤をスプレーする。人工的なレモンの香りがつんと鼻を突く。蠅がすぐそばを飛んでいて、洗剤とよごれのまじりあった中へ落ちていく。わたしは慣れきった手つきで、小さな円をいくつも描くように、雑巾をくるくるとすばやく動かす。

　土曜日は、みんなわたしが起こすまで寝ているから、もっとていねいに掃除をする。冷蔵庫の中身を出す。アフメドの食べ残しは、ふわふわの緑の層に覆われている。ラップに黄色い付箋《ふせん》がついていて、大文字で〝捨てるな〟と書いてある。アフメドは自分で料理ができないから、食べものを全部とっておきたがるのだ。ハーミドの棚には、食品がきれいに整頓されて並んでいる。ザーヘルの棚にはなにもない。わたしはオーブンをきれいにする。換気扇のフィルターも。ナイフやフォークの入ったひきだしも。まるで長いことだれもここに来ていないかのようになるまで、掃除をやめない。日々、人の痕跡を消していく。

わたしは郵便ポストから新聞を取ってくる。ここの男の子たちに外の世界の情報が伝わるようにするのも、わたしたちの義務だ。職務説明書にそう書いてある。戻りがてら、わたしはみんなの部屋のドアをノックする。

テーブルに新聞を置く。ザーヘルがキッチンに入ってきて、新聞の前に座る。いっしょに写真を見て、わたしは一面を飾っている黄色いボートを指さす。こういうの、乗った？　兄ちゃんが、とザーヘルは答える。ぼくは山に行った。わたしはうなずく。

な、ん、み、ん、き、き。って、なに？　ザーヘルがそう言って、新聞の見出しの言葉を指さす。難民っていうのは、ある場所に居られなくなってそこを離れた人のことで、危機っていうのは、来る人がたくさんいてたいへんっていう意味だよ。アフメドがキッチンに姿を現す。ザーヘルが尋ねてくる——ぼくは難民？　そうだね、そうなると思う、とわたしは答える。

アフメドが口を開く。難民とか、黒頭とか、スウェーデンでおまえ、たくさん名前あるぜ。ザーヘルの手を取り、引っぱり上げて立たせる。自分を守れるようにならなきゃだめだ。スウェーデンはちがうってみんな思ってる、だけど、ここだって気をつけないとやられちまう。アフメドは顔の前に両手を掲げ、ザーヘルに向かってボクシングのまねをする。バン、バン、バーン、そう言って、ザーヘルを床になぎ倒す。アフメド！　わたしが声をあげると、アフメドはザーヘルを引っぱり上げて、ふたりは抱擁しあう。

職員室のドアに貼ってある予定表を見ると、こう書いてある――レベッカ：アクティビティー担当、海への遠足。アフメドとザーヘルに伝えると、ふたりとも自分の部屋に駆けこんでいく。アフメドは海水パンツ姿で出てくる。泳ぐにはまだ寒いよと言ってみたけれど、ザーヘルも泳ぎたいと言う。わたしはハーミドの部屋のドアをノックし、タグキーを使って開ける。ハーミドは寝ている。わたしはしゃがんで彼の肩をつつく。目が開く――波打つ髪の下からのぞく、キャラメル色の瞳。ハーミドが手を伸ばしてきて、わたしの頬を撫でる。わたしはあとずさる。海に行くよ、とだけ言う。

　出てきたハーミドは、髪をきっちり撫でつけた姿で、助手席に座る。おれ、前に乗りたい！　アフメドがそう言うと、ハーミドは答える――われわれ大人がここに座る、きみたち子どもはそっち。車は狭い田舎道《いなかみち》を走っていく。両脇の森が緑の壁のようだ。ときどき切れ目が現れて、空や海が見える。時は進んでいる。刻々と。けれど、車の中では、みんな守られているような気がしてくる。

　アフメドが窓を開けて、頭を外に出す。風で髪の毛がなびいている。アフメド、寒いよ。じゃあセーター着れば。アフメドはそう言って目を閉じる。

　この子たちはみんな、どこかに出発したり移動したりすることを好まない。好きなのは到着することだけだ。ザーヘルが窓ガラスを曇らせて、自分の名前を書いている。跡がついちゃう、とわたしが言うと、ザーヘルはシャツの袖で窓をこすって文字を消す。

　車をとめると、狭い浜辺と海はすぐそこだ。みんなでいっしょに荷物を運ぶ。ザーヘルが砂の上にふとんカバーを広げようとしているけれど、そのたびに風にとらえられてうまくいかない。わたしたちはそれぞれ四隅をつかんで、ゆっくりと地面に下ろす。アフメドが靴と靴下を脱ぐ。ハーミドはあおむけに寝転がる。肌に日差しが当たって、顔が平らかになる。

　いつもは話さないようなことが話題にのぼる。アフメドがタンポンについて尋ねてくる。女子がパックを持っているのを学校の廊下で見かけたのだという。女の子は月に一度血を流すのだと説明すると、股から血が出るのかとアフメドが言い、わたしは第二次性徴やＰＭＳについても説明する。アフガニスタンの女の子も血が出る？　子宮があれば、どこのだれでも同じだよ。アフメドは土色の目を丸くして、言う――母さんも？　そうだよ、お母さんもだよ。そう言うと、男の子たちは顔を見あわせ、ダリー語に切り替える。

　アフメドが言う――ビリケツだーれだ？　三人ともよろめきながらあわてて立ちあがり、わたしは三人の背中に向かって叫ぶ――この気温じゃまだ泳げないよ、スウェーデンでは六月までは泳がないの。でも、三人ともすでに走りだしている。ザーヘルは波打ちぎわでスピードを落とし、小鹿みたいな足取りでひょこひょこジャンプする。アフメドとハーミドは海に飛びこんでいて、ふたりの頭が波のあいだで揺れている。ザーヘルは気をつけの姿勢で水面に横になって浮かぼうとしているけれど、ひっきりなしに水を飲むはめになっている。

ハーミドが海から上がろうとしていて、太陽を見上げている。巻き毛の下の胸に傷痕が見える。髪の毛は早くもカールを取り戻しつつある。アフメドが後ろから忍び寄って、ハーミドのパンツをぐいっと下ろす。白いお尻がちらりと見えた次の瞬間、ハーミドはアフメドに飛びかかって、その頭を水中につっこむ。わたしはふたりを手招きして、声を張りあげる――そこまでにしなさい。

三人とも、ひとりずつ上がってくる。ザーヘルが巻き貝の貝殻を持ってきた。耳を当てたら、海の音が聞こえるかもよ？　わたしがそう言うと、ザーヘルは耳を傾けてから、アフメドとハーミドにもそれぞれ貝殻を渡す。みんな海の音が聞こえる。

樹皮でボートを作るやりかたをわたしが実演してみせて、それからみんなで何艘《そう》も作る。木の皮を剝ぎ取って、わたしの家の鍵で穴をあけてから、棒切れを刺して、木の葉を帆の代わりにする。どこに行くのかな？　わたしがそう尋ねると、アフメドが、これはリーナのところに行く、と言って、ボートをひとつ海に浮かべる。これは母さんのところ、そう言ってもう一艘送り出すけれど、すぐに横転してしまう。これはクリスティアーノ・ロナウドのところに行く、ふとんカバーにくるまったザーヘルがそう言う。樹皮のボートはぷかぷか揺れながら去っていく。きみのは、どこに行くの？　わたしはハーミドに尋ねる。ずっと海にいる、と彼は答える。

夜、わたしは寝る前の軽食の準備をする。パンをトースターに入れて、焼けたのがぴょんと飛び出てくると、次のパンを入れる。三人にSMSを送る——キッチンにおやつがあるよ。アフメドは食事用のスプーンを使ってココアの粉をまぜていて、ガチャガチャ音がするほどに力を入れている。しーっ、とハーミドがたしなめると、アフメドはさらに力をこめて、さらに速くかきまぜる。グラス一杯分を一気飲みして、言う——牛乳って、母乳と同じ味かな？　おまえだって昔、母さんの乳飲んでたんじゃないのか。おいおい、覚えてるわけないだろ？

　スウェーデンで信用できないものがふたつある、とアフメドは言い、両足を投げ出す。スウェーデン人の女と、天気だ。みんながアフメドに目を向け、アフメドは窓の外に目をやる。スウェーデン人の女の子に会って、ようベイビーきれいだな、デートしようぜ、って言うじゃん？　女の子もいいよって言う。で、電話して、SMSして、また電話して、だけど返事なし！　なんで？　デートしたくないなら言えよ、やだって！　殴りゃしねえよ、マジで！　ハーミドがかぶりを振る。ザーヘルは笑うとき、両手で口を覆う癖がある。それにスウェーデン、いまがどの季節かもわかんねえ、とアフメドは続ける。いま、夏？　秋？　マジでだれにもわかんねえよ！

葉っぱを見るといいよ、とわたしは言う。葉っぱがきれいな色になったら秋で、緑なら夏。木にひとつも葉っぱがなかったら、それは冬ってこと。

いつもと変わらない夜。わたしは多目的室に座っていて、男の子たちはみんなそれぞれの部屋にいる。ふと、廊下から物音が聞こえる。立ちあがらないわけにはいかない。だれなのか見に行かないわけにはいかない。戸口まで行く。背中にまわした両手を組む。廊下のいちばん奥に、五人の人影。みんな笑っていて、ダリー語で話している。アフメドの笑い声はがさがさしていて大きい。アフメドがにっこり笑って、お辞儀をして、友だちを手で示しながら紹介してくれる。オミード、モルテザー、アブドゥル・アリ、モハメド。わたしは手を差しだす。四人ともみんな、ひとりずつわたしと握手を交わしていく。何人かの手は冷たく、小さい。大きな、硬い手もある。

どのくらいここにいるの。そう尋ねると、きょうの夜ずっと、とアフメドは答える。わたしは友だちの四人を、そのあごひげを見る。決まりだから、親御さんに電話しなきゃ。アフメドはそれを聞いて舌打ちする。舌を口蓋《こうがい》にぐっと押しつけてから、ちっ、と音を放つのだ。おいおい、オヤゴさんなんかいねえよ。友だちはみんな、そばに立ったまま待っている。アフメドが自分の部屋のドアを開け、男の子たちはみんな中へ消えていく。ドアが閉まる。

わたしは職員室に行く。用紙を取り出す。ドアをノックする。だれも出てこない。もう一度ノック。アフメドが出てくる。あきれた、とばかりに目をぐるりとまわして、天を仰ぐ。

わたしはペンを差しだして、みんなの名前や連絡先を書いてほしいと頼む。あのなあ、こいつらギャングじゃねえ、おれの友だちだよ！　アフメドがペンをぶんぶん振る。わたしはその場から動かない。ほら、ちゃんと書いて。かんたんな手続きでしょ、これが決まりなの。男の子たちはわたしと目を合わせもせず、かくかくした文字で用紙を埋めていく。名前を右から左に書いてから、数字は左から右へ。彼らの住んでいる施設と、それぞれの後見人の電話番号。

　わたしは職員室で腰を下ろし、電話をかける。レベッカと申します、こちらにモルテザーという男の子が来ているんですが、後見人の方でまちがいないでしょうか？　連絡先をご確認いただけますか。なにか知っておくべきことはありますか？

　わたしは四人のことをファイルに記録する。記録は大切だ。ここにいるのがだれかを把握すること。一度、なぜそんなに大切なのか所長に聞いてみたら、火事のリスクがあるからという答えが返ってきた。なにかあって、この施設にだれがいるかわからなかったら困るでしょ、と。わたしは火事を想像した――オレンジ色の炎、黒々とした煙、そうしたらこのファイルも灰になるのだけれど。だれがナイフを借りたか、はさみを、ひげ剃《そ》りを、水彩絵の具を、アイロンを、サッカーボールを借りたか、だれがコンドームをもらったかも記録してあるし、その正確な日時も記録してある。

　わたしはまたソファーに沈む。テレビの音量を下げて、アフメドの部屋から聞こえてくる物音に耳を澄ませる。だれかがなにかをドンドンたたいている。声変わり中ののどが高音を放つ。声が裏返っていることを気にもかけていない。ダンスしているようにも聞こえる。床を踏み鳴らす音。ジャンプか？　なにか壊れたらいいのに、とわたしは思う。そうしたら修理のために踏みこまざるをえなくなる。

二十一時。勤務終了まであと一時間。アフメドの部屋のドアが開く。五人が出口に向かっていく。ちょっと、どこ行くの？　外！　外って、どこよ？　わたしはあとを追いかける。いつ帰ってくるの？　ドアが閉まる。わたしは窓へ向かう。窓台に両手を置く。窓を開ける。アフメド！　するとアフメドは、アフメドだよ、と言って、フの音をもっと強く発音する。いいかげん覚えろよな、おれの名前。そう叫んで、自転車に飛び乗る。五人は自転車道路の向こうへ消えていく。

わたしは職員室に行く。掲示板に貼ってある男の子たちの写真を見る。アフメドがここに到着したころの写真。おびえたような瞳、額に重くななめにかかった前髪。写真の下には、こう書いてある――攻撃性の問題あり。おだやかな低刺激対応を心がけること。制限を課されること、自他境界を尊重することが苦手。自傷行為あり。喫煙者。水泳習得済み。

わたしは日誌を出す。書く――〝アフメドが自室に友人を四人招待。氏名および連絡先は記録済み。申請なしに施設を離れる〟

アフメドとわたしにつながりができたときのことは、いまも覚えている。ストックホルムのグローナルンド遊園地へ出かけたときだ。全区画がいっしょに行くことになった。イラン人、ソマリア人、エリトリア人、アフガニスタン人、みんな。

電車でストックホルムへ向かい、駅のホームに降り立つと、まるで小さな子どもを引率しているみたいに人数を確認した。スルッセンまで徒歩で移動し、そこで船を待った。エリトリア人の女の子たちはハイヒールをはいていて、細く長い脚を伸ばして大股で乗りこんだ。男の子たちは船尾まで走っていって、船べりから身を乗り出していた。そして操縦士が船をバックさせると、男の子たちはみんな、回転して水をぶくぶく泡立たせるプロペラをじっと見ていた。

あぶくといっしょに、不安も湧きあがってきた。アフメドの呼吸が速くなり、彼は胸に両手を当てて、痛い、と言った。落ち着いて、力を抜いて、もうすぐ着くから、とアニカが声をかける。するとアフメドは両腕を広げてぐるぐるまわりだした。周囲の人々が散っていき、ほかの男の子たちがひそひそ話を始めた。

船を降りると、アニカがアフメドを抱きとめようとしたけれど、アフメドは彼女を振りはらった。アニカが言う——この子、連れていってくれない？　パニック発作を起こしてる。

連れていくって、どこにですか？　どこでもいいの、とにかくこの状態では遊園地になんて行けないし、わたしはほかの子たちを引率しなきゃ。

　わたしにとってはその週が、この職場で働きはじめて二週目だった。アフメドの腕をつかむと、彼は抵抗しなかった。額から汗がだらだら流れていて、わたしはそれを自分のセーターの袖でぬぐった。ふたりで埠頭《ふとう》を歩いた。わたしは言うべき言葉を、投げかけるべき問いを探していた。けれど、なにも言わずにいるうちに、アフメドの呼吸がだんだん戻ってきた。

　わたしたちは大きなクルーズ船に近づいていった。〈バイキング・ライン〉と〈ビルカ・クルーズ〉。アフメドが目を丸くして船を見つめていると、乗客の小さな女の子が船から手を振ってきて、アフメドも振りかえした。わたしが彼の腕から手を離すと、アフメドは埠頭の端まで走っていって、指さして、言った――タイタニックみたい！

　そして埠頭で踊りだした。腰をひょこひょこ振り、ダリー語の歌を歌った。そばを通りかかった女の人がぎょっとして避けて通ろうとすると、アフメドは言った――こんにちはマダム、きれいな帽子！　踊りながらわたしに近づいてきて、わたしの手を取って、言った――いいですか？　そして、埠頭でわたしをくるりとまわしてみせた。

二十二時、夜の定例業務の時間だ。わたしは職員室からチェックリストを持ち出して廊下を歩き、全員がいるかどうか確認する。最初はハーミドの部屋だ。わたしが三度ノックすると、白のトーブ姿のハーミドがドアを少しだけ開ける。まるで天使そのもので、彼は軽くお辞儀してからドアを閉める。わたしはザーヘルの部屋をノックする。出てきたザーヘルになにをしているのか聞くと、ザーヘルは机を見せてくれる。ランプがついていて、フェルトペンが何本も散らばっている下に、描いていた絵が見える。おやすみ、とわたしは言う。

　そのままアフメドの部屋へ。ネームプレートの〝アフメド〟の文字が線で消されていて、代わりに〝アダム〟と書いてある。もう何か月も前からアダムに改名したがっているのだ。住民登録を管理している税務局には待つよう言われていて、スウェーデンはなんでもかんでも待てでだ、とアフメドは言っている。ドアをノックする。だれも出てこない。わたしはタグキーを使ってドアを開ける。呼びかける。返事なし。わたしは中に入る。煙草のにおい。使った皿や食器が床に積み上げてある。わたしは職員用の携帯電話を出して、かける。応答なし。ＳＭＳを送ることにして、こう書く――〝アフメド、いまどこ？　連絡して。明日の朝になってもまだ帰ってこなかったら、後見人の方に連絡します。ＨＶＢホーム〈火花《グニスタン》〉のレベッカより〟

しばらくしてから、わたしは自転車に乗る。空気が涼しい。途中でアフメドと鉢合わせする。アフメドは自転車で道路をジグザグに進みながら、わたしに近づいてくる。十時には戻ってないといけないんだよ、知ってるでしょ。アフメドは自転車を停《と》めて、言う——手、見てもいい？　わたしの右手をじっと見つめて、小指の長い爪で、わたしの手のまんなかを走っている線をなぞる。これ、生命線。あんた長生きするな。そして自分の手を開き、途中でとぎれた生命線を見せてくれる。おれはあんまり時間ない。わかる？

アフメドも長生きすると思うよ、とわたしは言う。神のおぼしめしがあれば《インシャ・アッラー》。アフメドはそう答えると、また自転車を漕《こ》いで、街灯と、ほの白い白樺《しらかば》の木々に沿って、遠ざかって消えていく。

朝、わたしはアフメドの部屋のドアをノックする。だれも出てこない。中に入る。アフメドは頭までふとんをかぶっている。アフメド、学校に行かなきゃだめだよ。ティーカップの中に吸い殻が浮いている。水がオレンジ色だ。屋内で煙草吸うのは禁止だよ。おれ、病気。病気って、なんの？　頭の、アフメドはそう言って笑う。学校休むんなら、頭痛薬のみなさい。で、ここで勉強しよう。

　わたしは学校に電話し、アフメドは偏頭痛のためお休みしますと伝える。それからふたりでキッチンに腰を下ろす。アフメドは五年生の算数を始めたところだ。しばらく割り算の練習をする。アフガニスタンの山、見たことある？　アフメドが尋ねてくる。〝山　アフガニスタン〟でグーグル検索して、いっしょにページを眺める。次々と現れる山と谷の風景。そのうちに、どう考えてもアフガニスタンではない山々の写真も出てきた。わたしたちはそのまま見つづける。うわあ、ほら見て、すごくきれい。

　アフメドが白いケシの花の写真を出して、尋ねてくる——この花、見たことある？　ないなあ。アフガニスタンの広い野原にある。煙草みたいに吸えるんだ。アフメドは指をそろえて、そのあいだからなにか吸っているしぐさをしてみせる。わたしは尋ねる——アフガニスタンにはどんな動物がいるの？　日誌に書かなければならなくなりそうなことは聞きたくない。

　アフメドは、カブールで灰白色の野良犬たちを助けた話をしてくれる。みんな脚が細くて長くて、足の裏にガラスが刺さっていた。アフメドはそういう犬たちをつかまえて、世話をして、餌をやっていた。やがて犬たちはアフメドについて歩くようになった。軍隊みたいだった、とアフメドは言う。逃げてくるときに置き去りにするしかなかった犬のことも話してくれる。アッバースって名前だった。すてきな名前だね。ライオンって意味だよ、アフメドはそう言って、手を鉤爪《かぎづめ》の形にする。ライオンかあ、とわたしは言う。そう、ライオン。

　アフメドは逃げるとき、アッバースを置き去りにせざるをえなかった。もしかするとあいつ、おれがどこ行ったんだろうって、いまだに思ってるかも、とアフメドは言う。いつか帰って、見つけてやりたいな。おれのこと覚えてるかもしれないし。

夜、わたしは薬をしまってある部屋に行き、鍵を使って戸棚を開ける。中には収納ボックスが三つ入っていて、それぞれに名前がついている。収納ボックスの中身は、薬の入った紙箱と、一回の用量ごとに分けられる仕分け箱だ。わたしは収納ボックスを出してテーブルに置き、アルコールで手を消毒してから、古ぼけた事務用椅子に腰を下ろす。薬を分ける。青いもの、白いもの、黄色のもの、どぎついオレンジのもの。どの薬も、なにかを上げたり下げたりするものだ。不安を下げ、気分を上げる。眠りへ沈みこんでいけるようにする、あるいは、起きていられるようにする。

ここで働いている人たちはみんな、行動療法士だったり、社会統合アドバイザーだったり、行動科学の専門家だったりする。わたしはスウェーデン各地のソーシャルワーカー養成課程に全部応募しただけだ。そんなわたしに薬を仕分けして渡す権限があるのかどうか、よくわからない。ここで働きはじめたのは、高校三年生のインターンシップのときで、一か月だけの予定だった。卒業したらあちこち旅行して、ボランティア活動でもしようかな、と思っていた。現実の世界にかかわりたいと思っていた。ここに来て、もう七か月になる。あなたがいてくれてありがたい、と所長には言われた。ほかの人たちが時間不足でできないことをやってくれるから、と。わたしはいまや、どんなことでもやっている。ちゃんと気をつけて、二度確認しながら進めればだいじょうぶ、とアニカは言う。わたしはいつも二度確認する。アフメドにはフルオキセチン、メラトニン、セルトラリン。ザーヘルにはアタラックス。ハーミドにはメラトニン。

いちばん薬が多いのはアフメドで、毎日三種類ずつのんでいる。わたしが働きはじめたころは、なにものんでいなかった。自室にこもって、食事も睡眠も拒んでいた。わたしたちは羊肉を買ってきたり、米を炊いたり、コンポートを小さなボウルによそってみたりと、なんでもしたけれど、アフメドにはスウェーデンの食事が合わなかった。一度、ここに来るまでどれぐらいかかったの、と聞いてみたら、アフメドはこう答えた――冬が来るの、二回見た。

アフメドはある日の朝、だれにも告げずに家から逃げてきたのだという。お母さんには何度も逃げようと言ったらしい。でも、お母さんの答えはこうだった――殺されるならそれでいいわ、祖国を離れるつもりはありません。アフメドは国境を越えた。密入国あっせん業者にどんなことをさせられたかは、ぜったいに話したくないという。イランにいたころにはもう、引きかえしてお母さんの胸に抱かれたいと思ったが、受け入れてもらえないかもしれないと思うと怖かった。アフメドは言う――母さんはさ、おれが学校に行ってることも、泳げることも、一生知らないままなんだ。ギャングになったって思うんだろうな。

いま、アフメドは眠れるようにメラトニンを、笑えるようにセルトラリンを、真っ暗な穴に落ちていかないようにフルオキセチンをのんでいる。アフメドについての注意書きには、本人が実際に薬をのみこむところを見届けなければならない、とある。ピンク色をしたのどの奥をのぞきこんで、舌を動かすよう本人に指示すること。まず左へ、それから右へ、上へ、下へ。そうして、定例業務ファイルに記録する。日付、時刻、署名。

　わたしはそれぞれの薬を、名前を書いたプラスチックカップに入れて持っていく。ハーミドの部屋のドアをノックし、その手の小さなへこみにメラトニンを置く。彼はさっとそれをのみこむ。ザーヘルの部屋のドアをノック。この子は座っていないと、しかも大量の水といっしょでないと薬をのみこめない。そうしないとのどにひっかかる気がするらしい。

　アフメドの部屋のドアをノックする。だれも出てこない。さらに強くノックする。ためらうことなく、三回。わたしの手はノックが得意だ。軽く握った手。指の付け根がドアに命中する。朝にはときどき、ノックでちょっとしたメロディーを奏でる。コン・コ・コ・コン・コン、コン・コン。まじめな用事があるときは、またべつだ。そういうときは、すばやく三回と決まっている。

　わたしはタグキーを使ってドアを開ける。中に入る。二歩。それ以上奥へ入るのはプライバシーの侵害だ。アフメドはベッドに横になっている。手は下着の中だ。布の下で勃起しているのが見える。アフメド！　わたしは声をあげる。ドアを閉める。

わたしは今週分の使用済み紙パックを折りたたむ。牛乳パック、卵のパック。そうしながらニュースを見ている。アフメドが入ってきて、ソファーに腰を下ろす。テレビには、青いネクタイ姿の男の人が映っている。飛行機が離陸し、車が燃え、ペンシルスカートをはいた女の人が地図の前に立って、アニメ化された太陽を指さす。アフメドが言う——どうしてアフガニスタンのこと、なんにも見せないんだ？

アフメドはスマホを出して、フェイスブックをスクロールしはじめる。画面をわたしに向けて見せてくれる。爆発で亡くなった人々の死体の写真、土気色の顔、口を開けたままの子どもたち。わたしは目をそらす。悲惨《フルクタンスヴァット》だね。フルク、なに？　悲惨《フルクタンスヴァット》っていうのは、ひどい、最悪、つらいって意味だよ。すると、アフメドが言う——果物《フルクト》となんの関係があるわけ？

ハーミドが部屋に入ってくる。よう、友よ《ハビビ》、気分はどうだね。元気だよ、ハビビ、そっちは？　微笑《ほほえ》んでそう答えるハーミドに、アフメドは言う——悲惨だよ、フルクト＝アンスヴァット！　そしておなかを抱えて笑う。ハーミドが冷蔵庫の前に立って中をのぞきこむ。おーい、なに食べるんだ、果物かあ？　アフメドはそう言って、また笑う。

ハーミドが調理台に向かい、小麦粉と牛乳をボウルに入れてまぜはじめる。なに作るの？

わたしはそう尋ねて近寄っていく。ボーラーニーっていうパン。ほら、どうぞ。ハーミドが生地を少し分けてくれる。両手のてのひらを使ってすばやく生地をこね、平たい楕円形《だえんけい》にするところまで実演してみせる。ハーミドのはずした指輪が調理台に置いてある。左手の親指の腹に、銃弾の痕。日誌にも書いてあることだ。尋ねてみる——その傷痕、どうしたの？ ハーミドは生地をこねつづける。

　アフメドが近寄ってきた。あんたさ、ほんものの女じゃないな。いやマジで、女って料理するもんだろ、どういうこと？　あんた、男？　アフメドはわたしの生地のかたまりを見て、それを取りあげると、折りたたんで最初からこねはじめる。完璧なこね方だ。きれいな楕円形。全体にフォークで穴をあけていく。

　ハーミドがミントの葉を摘んできて、沸騰したお湯にひとつかみの緑をばさりと入れる。わたしたちはソファーに座って、パンが焼けるのを待っている。電気ろうそくのスイッチを入れてテーブルに置きもした。

　アフガニスタンっていうゲームをやるぞ、とアフメドが言う。ひとりが座って、手をピストルの形にして前に向ける。もうひとりがその前に出て、なんらかの発言をする。手をピストルの形にしているほうが発砲すると決めたら、発言したほうは倒れる。

　まずは自分が撃つ役だ、とアフメドが決める。大きなライフルを両手で構えているふりをして、片目をつぶって狙いをつける。ザーヘルが立ちあがって、言う——ぼくはキリスト教徒です。アフメドが引き金を引く音を口でまねて、発砲したふりをする。ザーヘルは胸をおさえ、床に倒れる。ハーミドが進み出て、言う——おれはムスリムです。背筋を伸ばして胸をさらす。銃弾は飛んでこない。

　アフメドが立ちあがり、こんどはハーミドが銃を持っているふりをする。アフメドは唇をとがらせ、お尻を突き出して、言う——おれ、ホモです！　ハーミドは何発も発砲して、ヒュン、ヒュン、と弾《たま》の飛ぶ音をまねしてみせる。アフメドは身振りで演技を始める。弾が当たるたびにうしろへ飛び退《の》き、口を開けたまま床に倒れる。

　お茶が冷めちゃうよ。わたしがそう言うと、三人とも腰を下ろす。スウェーデンで、ホモがよくいる？　ザーヘルが尋ねてくる。どこにでもふつうにいるんだよ、スウェーデンでは大っぴらにしてもだいじょうぶっていうだけ。アフガニスタンにはいない、とハーミドが言う。いるよ、アフガニスタンにだって。するとハーミドは、アフガニスタンのことは自分のほうがよく知っている、と言う。

　アフメドが、イラン人の階にいる同性愛者の男の子の話を始める。だれのこと？　ハーミドが尋ね、ふたりはひそひそ声になる。どうしてそうってわかるわけ？　わたしが尋ねると、アフメドは、眉毛が細いし、ときどきここに化粧してる、と言って、自分のまつ毛を引っぱってみせる。あいつと同じ階で暮らすなら、外で寝るほうがいいな。どうして？　同性愛の人たちが怖いの？　わたしがそう聞くと、アフメドは言う——はあ？　怖がったほうがいいのはあっちだろ。

早朝。わたしは職員室にいて、ファイルを探している。黄色のファイル、赤のファイル、紺のファイル。〝学校〟と書かれたファイルを見つける。時間割を見る。きょうはみんな、八時からだ。

キッチンに行き、鍋に卵を四つ入れる。携帯電話のアラームを十五分に設定。立ったまま鍋の水を見ていると、はじめは静止しているけれど、やがて湯気がたち、それからあぶくが出はじめる。卵がジャンプしてぶつかりあい、殻にひびが入る。ぶくぶく上がってくる白い泡。歪《ゆが》んだ形の白いゴムボールが、亀裂からもくもくとふくらみだす。

アラームが鳴る。わたしは卵を冷たい水に通す。ここの子たちはみんな、ゆで卵は中が灰色に、いや、緑に近い色になっているのを好む。卵黄がどろりとしているようではだめで、口の中でほろほろ崩れるのがいい。そうでないと卵を捨ててしまう。電子レンジに卵を入れてしまって、卵が爆発することもある。そうするとレンジを掃除するのに時間がかかるし、雑巾は捨てるしかない。地下倉庫まで行って、新しい雑巾を取ってこなければならなくなる。三階分の階段を下りて。

わたしは卵の殻をむく。歪んだゴムボールを切り落とす。卵を皿に置く。三人の部屋のドアをノックする。はじめはそっと、やがて強く。キッチンに戻る。観葉植物に水をやる。土が湿り気を帯びて、鉢の下から水が流れだす。わたしは腰を下ろす。拭く。水滴が床に落ちる前につかまえる。

アフメドがキッチンに入ってくる。あいさつもしなければ、きれいに殻をむいて並べてある卵のほうを見もしない。冷蔵庫を開ける。牛乳パックを振ると、底のほうでちゃぷちゃぷ音がする。牛乳、ない！　あ、そう。アフメドはわたしを見る。また牛乳パックを振り、残っていた何滴かをグラスに注いでみせる。それで、ほんとうに牛乳が切れているのだとわかる。

アフメドがグラスをつかみ、わたしに向かって投げつける。わたしの後ろの床でグラスが割れ、牛乳がわたしのスリッパにかかる。ハーミドが入ってきて、ダリー語でなにか言う。アフメドに近づいていって、頬をたたく。アフメドは出ていく。

わたしはキッチンペーパーを取ってくる。しゃがんで、湿らせた雑巾とペーパーで牛乳を拭き取る。ハーミドが手伝ってくれて、わたしはガラスの破片を集める。指先を切ってしまい、血で牛乳がピンク色に染まる。

ハーミド

夜、わたしはハーミドの部屋に行く。ドアをノックする。だれも出てこない。タグキーを使って開ける。ハーミドはわたしに背を向けてお祈り用の絨毯《じゅうたん》にひざまずき、額を絨毯に当てている。そうしてかがみこんだまま、わたしのほうを向く。湿らせて撫でつけた髪が額にかかっている。胸郭が広くて、ペルシアの王子さまみたいに見える。ごめん、わたしはそう言って、ドアを閉める。

　職員室に戻り、シフト表を見る。アニカは二十二時からの勤務だ。あと二時間。わたしは職員室から新聞を持ち出して、地下階に下りる。新聞を床に置き、腰を下ろす。ハーミドのことを考える。彼の傷痕を見たことがあるけれど、見なければよかったと思った。胸を横切るように走った、いくつもの白い線。ところどころ、いまだに赤い。あれを見たのは、彼がここに来たばかりで、精神のバランスを失ってしまったときのことだった。ハーミドの部屋のドアをノックした。電話もした。ＳＭＳも送った。〝ハーミド、なにしてるのかな？ :)〟。返事はなかった。わたしはここの子たちの部屋に入るのが怖い。なにがあってもおかしくない、心の準備をしておきなさい、と言われている。自宅のベッドに入ってから目を閉じて、彼らの姿を思い浮かべることもある。裸でいるところ、死んでしまったところ、マスターベーションしているところ。

あのとき、ハーミドはシャワーブースの中に座っていた。まっしろな体。肌は冷たくて、鳥肌が立っていたけれど、腕を引っぱってみると温かかった。わたしたちはハーミドをベッドに横たえた。人の体は遠くからだと軽そうに見えるけれど、持ち上げるとなるとまるで鋼鉄だ。ハーミド、協力して！　わたしがそう言うと、いったいどうすればそうなるのかわからないけれど、とにかく彼は自分の体を軽くしてくれた。シャワーの水が出っぱなしで、遠くから聞こえる雨音のようだった。

　あのあとも、ここ地下階に座っていたのを覚えている。両手を目の前に掲げてみると、がくがく震えていた。傷ができてからどのくらい経《た》ったのか知りたくて、傷痕が白くなるまでにかかる時間をグーグルで検索した。

　数日後、わたしはここで働いているローゲルに言った――仕事のことを考えてしまって、ときどき、よく眠れないんです。日誌を書いている最中だったローゲルが、妙なまなざしを向けてきたのを覚えている。それはよくないな。仕事のことは職場に置いていかなければ。

　ハーミドはいま、週に一度、学校のカウンセラーのところに通っている。氷を作るためにプラスチックの製氷皿を買って、不安に押しつぶされそうになると氷を頭上高くに掲げる。そのうち氷がとけて手首に垂れてくる。一から十まで数える。ファイルには、こう書いてある――〝ハーミド本人がドアを開けない場合には入室してよし〟

朝になると、ハーミドは階段を下りていく。毎日のことだ。郵便箱を見て、移民局からの呼び出しが届いていないか確かめる。ここにいる子たちの公的な住所はここの郵便箱で、みんな自分の箱の鍵を持っている。わたしたちも鍵を持っている。きょう、ハーミドは手紙を一通持って上がってきた。

いつもはぴんと伸びている背筋、張っている胸が、いまは逆だ。背は曲がり、胸は内側にへこんでしまっている。ハーミドはソファーの端に座り、両脚を大きく開く。わたしのほうを見るので、わたしはうなずいてみせる。その手にある封筒は白く、長方形で、封がしてある。ハーミドは封筒の片隅に人差し指をつっこみ、上に動かしてびりっと破る。手際のいい手紙の開け方を知っている人だ。紙が破れたせいで移民局のロゴが引き裂かれ、床にひらりと落ちていく。

ハーミドが読みあげる——医学的年齢鑑定への出頭指示。

どういう意味？　そう聞かれて、年齢をはっきりさせる必要があるのだ、とわたしは説明する。ハーミドは両手に顔をうずめる。指輪がいくつもついている。エメラルドグリーンのがひとつに、黒いのがひとつ、深紅のがひとつ。

アフメドが入ってきて、ふたりはダリー語に切り替える。アフメドが料理している姿を見るのははじめてだ。フライパンに油を引いて、玉ねぎを炒《いた》めている。あぶくが出て油が飛ぶ。わたしは手紙を持っていってコピーを取り、出頭指示のファイルに入れる。

キッチンに戻ると、ザーヘルも来ていて、フライパンに卵を割り入れ、トマト缶の中身を注ぎ入れている。アフメドはビニール包装されたピタパンを電子レンジで温めている。そうして三人は食卓を囲む。アフメドもザーヘルも、ハーミドが自分の分をよそうまで、じっと待っている。それから重ねあうようにして腕をあちこちに伸ばし、パンを分けあう。

午後、ハーミドが自転車のタイヤに空気を入れている。わたしは窓を開け、顔を出す。どこ行くの？　どこも行かない、とハーミドは答え、まぶしそうにわたしを見上げる。わたしは尋ねる――釣りに行こうか？

ハーミドがキッチンに上がってきて、わたしたちは水と小麦粉をまぜ、こねて生地にすると、小さな塊をつまみ取って釣り針につける餌《えさ》にする。釣り竿《ざお》は鍵のかかったアクティビティールームから取ってくる。ハーミドが釣り竿を両方とも肩にかついで持ってくれる。自転車で二人乗りしようかと聞いてきたけれど、歩くほうがいい、とわたしは答える。

わたしたちは川のほとりで、それぞれ岩に腰を下ろす。水面をぷかぷか揺れる浮きを見つめる。あたりの色は緑、茶色、黒だ。五分が経ち、十分が経ち、二十分が経つ。ハーミドが浮きを引き上げてみると、パン生地の塊はまだついたままだ。ミミズを探してきてもいいかもね、とわたしは言う。ハーミドが少し離れていき、地面に指をつっこむ。どう？　ここの土、アフガニスタンの土よりも固まってて硬い。アフガニスタンの土ってどんなふう？　温かくて、乾いてる、とハーミドは答える。

彼の家族のことを聞いてみたい。どんなところに住んでいたのか、家はどんなふうだったか、水道はあったのか。ハーミドは釣り針にミミズをつけて、肩のうしろへひょいと竿を引く。これは投げ釣り用の竿じゃないから、竿をゆらゆら揺らして釣り針を遠くに落とすんだよ、とわたしは言う。実際にやってみせると、ハーミドも同じようにする。

ハーミドのほうに魚が食いつく。彼はぴちぴち跳ねる魚を手に持ったまま、じっと見ていて、やがて魚が動かなくなると軽くキスをする。キスしたい？　どうして？　運がよくなる！　ハーミドが笑って魚を差しだしてきて、わたしも冷たい魚に軽くキスをする。ハーミドはしゃがんで魚を放してやる。魚は、はじめじっとしているけれど、やがて泳いで遠ざかっていく。

わたしたちは日向《ひなた》に座り、パン生地を小さくちぎって水中に投げる。水面下で魚たちが動いているのが見える。わたしはカーディガンを脱ぐ。ハーミドがわたしの腕をつかんで、ぐいっと上げる。うわ、女の子もわきの下に毛が生える？　あたりまえでしょ。ほかにはどこに生える？　そういう質問はしちゃだめ。どうして？　そういうものなの、とわたしは答える。

アニカがハーミドに付き添って移民局に行った。一日中留守にしていて、雨が降って、晴れて、また雨が降ってから、ようやく帰ってきた。わたしは正面出入口でふたりを迎える。アニカがじっと見つめてきて、いま質問してはいけないのだとわたしは察する。

そのあと職員室で、ハーミドはあごの骨から十七歳と判断されたとアニカが教えてくれる。よかったじゃないですか、とわたしは言う。十八歳以上じゃなければ、送還されることはないわけだから。アニカはポケットに入れていた紙を広げてみせる。移民局との最後の面談への呼び出し状だ。いまから一年後に設定されている。わたしはアニカを見る。一年後だと、ハーミドは十八歳ですね。アニカはうなずき、紙のしわを手で伸ばして、ハーミドのファイルに入れる。わたしたちにはどうしようもないことよ、レベッカ。

午後、わたしは屋内プールのベンチに座っている。外の空は白く、屋根をたたく雨音が聞こえる。みんな夏の始まりを心待ちにしていて、こんなことを言いだしたのだ――外で泳げないんなら、中で泳ぐのは？

屋内は暖かく、目の前に広がるプールは水色で、ずいぶん長さがある。コースロープで三つの区画に分けられている。アフメドがザーヘルのおなかをつねって笑う。ひざを抱えて丸くなって飛びこむ。気をつけの姿勢で飛びこむ。回転しながら飛びこむ。ハーミドはフロートマットに寝そべって目を閉じている。髪の毛がいくつもの細い束になって額に張りついている。

ザーヘルがタオルを肩にはおってプールの縁に座っている。アフメドが近づいていって、ダリー語でなにか言う。ふたりともプールに飛びこむ。アフメドがザーヘルに、あおむけで水に浮かぶやり方を教えている。ザーヘルの肩甲骨《けんこうこつ》の下に両手を差し入れる。ザーヘルは底についていた足を上げて、息を吸いこむ。胸に空気が入って、髪の毛が水面にゆらりと浮かび、アフメドはその場にとどまってザーヘルを両手で支えている。ザーヘルは水面に浮き、目を閉じる。

ハーミドがマットから飛び下りて、区切られたコースを泳ぎはじめる。プールの端に近づくと、体をくるりと回転させて、両足で壁を蹴り、反対方向にすうっと進んでいく。ザーヘルはアフメドの支えなしであおむけに浮いている。みんなの肌がきらきら輝いている。ハーミドはまだ泳ぎに集中していて、まるで蝶《ちょう》になったようだ。アフメドがフロートによじのぼり、その上で立ちあがろうとするけれど、ひっくりかえって落ちてしまう。

　わたしはベンチから、飛びこみ台に上がっていくハーミドを見る。広い肩幅。ハーミドが準備を始める。あとずさり、腕を広げ、胸を張り、それからまるで矢のように両腕で狙いを定めて、飛びこむ。タイルのどこかに亀裂があって、そこから抜け出せるみたいに。どこかべつの場所へ出ようとしているみたいに。

断食の一日目。三人は朝、こうあいさつする——ラマダン・ムバラク。ラマダンってどういう意味ですかとローゲルに聞いてみたら、断食を意味するちょっとかしこまった言葉、という答えが返ってきた。なにも食べないんですか？　日が沈むまでは水とアイスだけということになっているけど、キッチンは二十二時に閉めるから、断食は二十一時三十分までと決めてあるよ（日の長い夏のスウェーデンでは、断食のルールを別途決めるなどして柔軟に対応することもある）。

わたしは自転車でスーパー〈ヴィリース〉に出かけ、洋梨味の棒アイスを買ってくる。学校から帰ってきたザーヘルとアフメドが、アイスを一本ずつ取っていく。ありがとう、ありがとう、ほんとにありがとう、と繰りかえしながら。断食中はアイスも食べちゃいけないんだぞ、水だけは飲んでいいけど、とハーミドが言う。アイスは凍らせた水だから、とわたしは言う。ザーヘルがハーミドに、自分は食べてもかまわないかと尋ねると、ハーミドはダリー語で答えてザーヘルの頭に手を置く。ザーヘルはハーミドの肩に頭をあずけて、アイスをひと口食べる。テレビが三人の顔を照らしている。アフメドとザーヘルは次々とアイスを食べる。ねえみんな、夏季学校が始まるの来週だって、覚えてるよね？　彼らはうなずき、アイスのライムグリーンの層を歯で破って、中の白い部分に取りかかる。夏季学校なんてだれも行きたがらないだろうと思っていたけれど、アフメドに言わせると、学校は夏のあいだのほうが快適だ、移民しかいないから、ということらしい。ふたりはやがて立ちあがり、アイスの棒をゲームのミカドみたいな状態でテーブルの上に放置して、それぞれの部屋に戻っていく。

朝、ハーミドが、夏季学校で宿題が出たと話してくれる。スウェーデンで出会った動物についての作文だそうで、ここではまだ動物に会っていないとハーミドは言う。見せてあげるよ、とわたしは言う。

　わたしが自転車で先に走り、ハーミドが追いかけてくる。彼の自転車は黄色で、五段ギア付きだ。わたしのは黒くて、ぎらぎら光っている。自転車で坂を下りながら、わたしは一瞬だけ目を閉じる。エゾノウワミズザクラ。ライラック。燕麦《えんばく》。ハーミドがガラス張りのテラスのある白い家の前で自転車を停めて、言う――あそこに住みたい。庭を走る子どもと、運転できる車と、あなたみたいな奥さんが欲しい。

　野原では馬が一頭、草を食んでいる。ハーミドがゆっくりと馬に近づいていく。両手を広げて、指先で燕麦の穂に触れる。黒い雌馬に向かって手を差しだすと、馬は鼻面を下げて、彼の手に息を吹きかける。瞳がふたつの大きなボタンのようだ。

　馬は日差しに照らされて、つややかな革のように、あるいは夜空のように輝いて見える。ハーミドが馬の額の白い線を指でなぞる。馬はびくりとして走り去ってしまう。わたしたちはその場にしゃがんで、馬の体を眺める。野原を駆けていく姿。ふさふさと生えた毛の下の大きな黒い蹄《ひづめ》が、草むらを踏んで平らにし、脚は機械のように動く。鼻を鳴らす音。ハーミドは馬を見ていて、わたしは馬を見ている彼を見ている。

七種類の花を摘む。ルピナス、キンポウゲ、フウロソウ、マーガレット、イトシャジン、シャク、シベナガムラサキ。ふたりで草むらに腰を下ろして、わたしはキンポウゲの花びらをつまみ取り、小さなおしべやめしべも取ってしまう。もう花は残っていない。馬は少し離れたところで草を食んでいる。わたしたちは花の名前を復習する。ハーミドがイトシャジン《ブロークロッカ》について尋ねてくる。それ、時計《クロッカ》と関係ある？

ハーミドがイトシャジンを手に取って、わたしの髪にさしこむ。あなたはおれの姉さんに似てる。ほんとに？　ハーミドはうなずく。姉さん、走るの好きだった。あなたは走れる？　ハーミドがわたしを見ている。うん、走れるよ。ふたりとも立ちあがって、わたしはかがんで電気柵をくぐり、白樺の木々のあいだを走る。ハーミドがわたしをつかまえて、くるりと向きを変えさせる。イトシャジンが髪から落ちる。それを拾って、わたしの耳の後ろにまたさしこんでくれたハーミドの手が、かすかに肌に触れる。

雨粒がわたしの額に着地して、見上げると、空がすっかり暗くなっている。土砂降りの雨。わたしたちは木の下に駆けこむ。ハーミドがジャケットを開いて、尋ねる――この下に入る？　ここでだいじょうぶ、ありがとう。わたしはそう言って、ひざを抱えて座る。でも、雷が鳴りだすと、わたしはやっぱりジャケットの下に移動する。ハーミドが足でわたしの脛《すね》に触れ、ゆっくり、ゆっくり上下に撫でさする。わたしは雨を見ている。ハーミドが言う――ありがとう、馬を見せてくれて。

雨がやんで、わたしは言う――また降ってくるかもしれないから、急いで帰ろう。ふたりとも濡《ぬ》れたサドルに飛び乗り、わたしはかなりのスピードで、来たときよりもはるかに速いスピードで自転車を漕ぐ。待って、とハーミドが叫ぶけれど、わたしは聞こえないふりをする。

職員室で、アニカがエリトリア人区画で働いていた人の話をしてくれる。そこにいる男の子にキスされたということで、クビになったらしい。キスに応えたってことですか？　アニカは肩をすくめる。本人は応えてないって言ってるけど、ふたりがキスしてるところを見た人がいてね。悲鳴をあげたりはしてなかったって。

きょうはイード・アル＝フィトル、断食明けのお祝いの日だ。ハーミドは金糸の刺繍《ししゅう》の入った白のクルタを着ている。首には金めっきの細いチェーン。髪は湿らせて中分けで撫でつけてある。断食が終わったのだから朝ごはんはどうかと聞いてみると、お祈りが終わってから、という答えが返ってくる。アフメドは黒いタイトなシャツにジーンズ、サングラスというでたちで出てくる。香水のにおいを漂わせている。ハーミドを見て、ダリー語でなにか言い、笑う。ハーミドは答えない。アフメドが尋ねる――おまえさ、男がドレス着るのがいいと思ってんの？　もしかしてホモ好き？

　ザーヘルが部屋から出てくる。白いシンプルなクルタに白い麻のズボン、足元はいつものラメ入りサンダルだ。写真、撮ってもいい？　三人が一列に並ぶ。一、二、三、わたしがカウントすると、アフメドが叫ぶ――イード・ムバラク！

　三人がいなくなると、わたしはソファーに座って写真を見る。ぴんと背筋を伸ばした、おだやかな表情のハーミド。かすかに微笑んでいるザーヘル。まんなかのアフメドは、指を二本立ててピースしている。その後ろに、閉ざされた窓。その向こうに広がる夏。

子どものときは、親が写真を撮って、記録を残してくれる。自分の歴史がそこにある。どんな子どもだったか、なにをしていたか。ここには、なにもない。アフメドはよく言う——写真撮ってくれ、おれが走ってるところ撮ってよ、海も入れておれの写真撮ってくれよ、おれとケーキの写真頼むよ。そのあと、写真を印刷してほしいと頼んでくる。職員室には、ここにいる子たちのうち、だれの写真を撮っていいか、だれの写真を撮ってはいけないかが掲示してある。ザーヘルもハーミドも写真に写りたくないという。わたしは頼まれたとおりに写真をカラー印刷するけれど、ほかに写っている人を切り取らなければならないこともある。アフメドは写真を、自室の壁に粘着ラバーで貼りつけている。

ハーミドが早朝、モスクから帰ってきた。金茶色の目が疲れている。ひと晩じゅう、なにしてたの？　祈ってた、とハーミドは答える。こんなに長く留守にするつもりなら、前もって言ってくれないと。そういう決まりだから。記録しておかなきゃならないの。ハーミドは自室のドアを開けて、言う――いっしょに来て。どうして？　見せたいものがある。部屋に入ると、ハーミドはバスルームのドアを開ける。手、洗って。どうして手を洗わなきゃならないの？

　わたしはバスルームに入る。石けんを使って手を洗う。ふと、ハーミドがここに来たときに支給されたのとはちがう石けんだ、と気づく。自分で買ったにちがいない。ハーミドは大人なのだ、ほかの子たちよりも大人なのだ、と実感する。所持品は洗面台の横の棚にきれいに並べてある。香水瓶、折りたたまれたタオル、アクセサリーの入った容器。わたしは香水のにおいをかぐ。ベルガモットの香り。

　ハーミドはお祈り用の絨毯を広げていた。ベッドの脇に、布に包まれたコーランが置いてある。こういうふうに立って。ハーミドはそう言って実際に立ってみせてから、まず自分自身を、それから絨毯を指さす。わたしは靴下を脱ぎ、ハーミドの絨毯の上でまっすぐに立つ。目をつぶって。わたしは目を閉じる。暗い。足の下はやわらかい。ハーミドがわたしの両手を開いて、言う——あなたの神と話をして。なにを言えばいいの？　なんでも、言いたいことを。わたしは長いあいだ、そこに立っている。黙ったまま。ハーミドもなにも言わない。わたしの目は閉ざされている。静けさ。わたしは静けさに耳を傾ける。ひざまずいて、とハーミドがささやく。わたしはその場にひざまずき、絨毯に向かってそっと頭を下げる。繊維のにおい、香水のにおいがする。

　ふたたび目を開けると、ハーミドはわたしの横で、ベッドに座っている。わたしは自分がどこにいるのか忘れてしまっていた。あなたに見せたかった、とハーミドが言う。わたしはうなずく。さっきよりも暗くなっている。移民局からの手紙が、ナイトテーブルに立てかけてある。わたしは目をそらし、部屋を出る。日誌にはなにも書かない。

時とともに、彼らとわたしの境界線が薄まっていく。わたしはみんなの不安を犬のように嗅ぎつける。ドアの外に立って、声の調子に、足音に、沈黙に耳をそばだてる。ほかの区画のアフガニスタン人には、決定が届きはじめている。わたしは職員用アラームに追いたてられて走る。うちの区画の子たちも、みんな噂を聞いていて、わたしに尋ねてくる――〝送還の即時執行〟ってどういう意味？

　もうすぐだ、とみんなわかっている。エリトリア人の子たちは在留許可をもらっている。区画でパーティーを計画していて、みんな招待されるけれど、わたしの区画の子たちはだれも行かない。スウェーデンに渡ってきた彼らの家族がやってくるのが窓から見える。出入口の前で、自分の息子たちを抱擁している。

わたしたちは窓辺に立って、木の葉を指さす。ほら、秋が来たの、わかる？　どうしてわかるんだ？　アフメドがそう聞くので、わたしは答える——葉っぱを見てごらん。アフメドの腕には鳥肌が立っている。冬みたいに寒いじゃんか。ザーヘルが尋ねる——葉っぱ拾って、部屋に持っていってもいい？

　ザーヘルが楢の木の下でしゃがむのを、わたしとアフメドは窓から眺める。ザーヘルはゆっくり、じっくり落ち葉を拾う。ドアに向かい、ポケットの中を探りはじめる。前ポケット、後ろポケット。アフメドが大口を開けて笑い、窓ガラスを平手でたたく。ザーヘルが顔を上げると、アフメドはザーヘルのタグキーを手に持っていて、前後にゆらゆら揺らしてみせる。

　わたしはアフメドの手からタグキーを奪い取り、下りていってドアを開ける。タグキーを持っていないと、だれもこの建物には入れない。十八時を過ぎれば、読み取り機にタグキーをかざすだけでなく、ここに来たときに自分で選んだ暗証番号も入力しなければならない。入居している子たちが自分の暗証番号を忘れてしまうこともままある。わたしはみんなに念を押す——どこかに書いておきなさい。大事な暗証番号なんだからね、自分の家に入るための番号だよ。すると、みんなこう答える——頭の中にだけあれば、だれにも取られない。

　夜、わたしは薬を持ってザーヘルの部屋のドアをノックする。ザーヘルは、窓辺に置いた、落ち葉を挿《さ》したグラスを見せてくれる。橙《だいだい》色《いろ》の葉、黄色の葉。ここの秋、イランと似てる、とザーヘルは言う。イランにいたことがあるの？　うん、長いあいだ。

窓台には植木鉢もいくつか置いてある。ザーヘルは錠剤を口に入れて、グラスの水を半分飲む。土に指をつっこむ。どうしたらそんなふうに育てられるの？　そう尋ねると、ザーヘルはグラスに残った水を土に注ぐ。こうやるの。

ハーミドが体調を崩した。ティーカップに痰《たん》を吐いている。いっしょに医療センターに行くと、医師がハーミドの舌に木の棒を当てる。あーって言ってみて。あー。医師は棒をひっこめて、扁桃炎《へんとうえん》ですね、ペニシリンを処方しておきます、と言う。わたしはハーミドに、薬をのむんだよ、と伝える。いくつ？　医師が答える――これから十日間、朝食のときに二錠、昼食のときに一錠、夕食のときに一錠です。

　わたしはローズヒップのスープをつくる。レンガ色のなめらかな汁をスプーンでかきまぜる。スープをトレイに載せて、ハーミドのナイトテーブルに置く。ハーミドは眠っていて、額に汗がにじんでいる。わたしは張りついた髪の房をどけて、額に手を当てる。ハーミドがだるそうに目を開ける。スープがあるよ。ハーミドは言う――手伝って？

　わたしはスプーンの下に手をかざす。ボウルの縁にスプーンを当てて、スープが垂れないようにする。ハーミドは口を開け、飲みこめるようにあごを上げて、顔をしかめながらごくりと飲みこむ。おれ、死ぬの？　ただの扁桃炎だよ。ヘンソウテンって、死ぬ病気？

べつの日の夜、わたしとハーミドはメンシュというボードゲームで遊んでいる。ハーミドがわたしをノックアウトして、駒がボードの端から端まで飛んでいく。彼の体がわたしに向けられている。目も、ひざも、胸も、まるでわたしの中に入ろうとしているみたいに。わたしは体をひねって、両ひざを左に向ける。そろそろ多目的室を閉めないと、とわたしは言う。どうして？　どうしても。ハーミドがわたしの脇腹をつねってきて、わたしは彼の手を振りはらう。笑いながら、笑うのをやめなきゃと考えている。アニカが出勤してくる。どうして多目的室まだ閉めてないの？　いま閉めるところだったんです、とわたしは答える。ハーミドが、ごみを地下に運ぶの手伝おうか、と聞いてくる。

地下階は涼しい。青みがかった蛍光灯。前にここに座っていたときに寄せ集めた、剝げたペンキの破片の山が床に見えて、わたしはそれを足で踏みつぶす。

ハーミドはどうしてもごみ袋を両方持ちたがった。あなたは無理をしちゃいけない、と言って。そしていま、ハーミドはごみ袋を肩にかついでコンテナに投げ入れる。いくつかあるコンテナのひとつ、その脇に、折りたたんだキーボードが立てかけてある。ハーミドは近づいていって、キーボードを持ち上げ、段ボール箱の上に載せる。服の袖を使って埃《ほこり》を払う。スイッチを入れて、鍵盤を押すと、音が出る。指が演奏を始める。ゆるやかに、やがて速さが増す。軽快なメロディー。音がごみ収集室に満ちて、わたしは彼のそばの壁にもたれかかる。ハーミドが目を閉じているのが見える。まつ毛は長く、濃い色をしている。

ふと音楽がやむ。あなたが好きだ、とハーミドが言う。ごみのにおいがして、わたしは微笑み、もう上がらなきゃ、と言う。あなたは、おれが好き？　ここにいるみんなが好きだよ。さあ、行かなきゃ。ハーミドが両腕を伸ばしてくる――ハグしてくれる？　わたしは彼を迎え入れ、ハーミドが体を押しつけてきて、わたしの髪のにおいを嗅ぐ。

職場に着くと、建物の前のアスファルトに霜が降りていた。雪が空から静かに舞い下りてくる。数階上で窓のロックが開くのが聞こえて、ザーヘルがひょいと顔を出す――冬だ！　わたしはザーヘルに向かって手を振る。ザーヘルは手を伸ばして、指のあいだでとけていく雪を見つめている。

アクティビティーの予定表には〝十～十二時　アイススケート〟とある。キッチンに行くと、みんな食卓について、パンにマーマレードを塗りボローニャソーセージを載せている。きょうはスケートに行くよ。アフメドが尋ねてくる――だれが決めた？　アクティビティーの予定表にそう書いてあるの。服をたくさん重ね着してね。ハーミドが窓辺に向かい、雪雲のたちこめる灰色の空を見る。あったかい服、持ってない、とアフメドが言う。貸出用の戸棚を見てみなさい。あそこ、ダサい服しかないじゃん。

わたしは一階に下り、出入口の前まで車を移動させる。ザーヘルが中綿入りのズボンにジャケット、毛糸の帽子、手袋を身につけて出てくる。アフメドが走ってザーヘルを追い越し、ザーヘルの足を蹴って転ばせたけれど、あれだけ中綿の入ったズボンをはいていたら、何度転んでもかすり傷ひとつできそうにない。前に座りたい、とザーヘルが言う。アフメドが煙草に火をつけ、両腕を広げてザーヘルの行く手をふさぐ。きょうはザーヘルが前に座る番だよ。それでもアフメドが助手席のドアを開けたので、わたしは続ける——アフメド、煙草は捨てなさい。アフメドは深々と息を吸いこむと、吸い殻を踏みつけ、わたしの顔に煙を吹きかけてから、後部座席に乗りこむ。

　寒さでハーミドの巻き毛が固まっている。彼も車に乗り、シートベルトを締める。出発だ。アフメドとハーミドが押しあっているのがバックミラー越しに見える。ねえ、シートベルトちゃんと締めてくれる？　ハーミドがデブって言った、とアフメドが言う。デブって意味じゃない、とハーミドが言う。ふたりとも、スウェーデン語で話して。ハーミドはスウェーデン語できないぜ、とアフメドが言う。ハーミドはザーヘルの帽子をはぎ取ってアフメドに投げつける。

　駐車場に入る。わたしは車のドアを全部ロックする。アフメド、ハーミドに謝りなさい。アフメドがダリー語でなにか言う。スウェーデン語で言って。謝るのはハーミドのほうだろ！　何度も言わせないで、疲れちゃう。疲れちゃうってなんだよ？　疲れるってのがどういうことか、あんた、なんにも知らないくせに。わたしがドアのロックを開けると、アフメドは車を降りて、ドアをバタンと閉める。

　わたしはしばらく車内に残っている。ブロックヒーターを全開にする。

リンクに向かって歩きだすと、靴の下で雪がキュッキュッと音をたてる。三人はリンク脇のブースで靴紐《くつひも》を結んでいる。整氷車がリンクを行き来して氷をつやつやにしている。ハーミドとアフメドがリンクに出ていく。アフメドはブレードで左右を蹴り、走るように進む。

ハーミドはするすると滑っていく。ふたりは互いに向かっていき、肩をぶつけあう。まるで二頭の雄牛だ。

　ホッケーリンクの職員が来て、整氷車が作業を終えるまで待ってもらわなければ、と言ってくる。わたしは氷上のふたりに向かって大声を出すけれど、ふたりとも聞こえないふりを決めこんでいる。整氷車がリンクを去ると、ザーヘルが手すりにつかまって氷上に出る。ブレードをがくがく揺らしながら、リンクの縁を歩いている。わたしはザーヘルの腕を取り、いっしょによろよろと進む。スケート、はじめて？　ザーヘルはうなずく。

　ハーミドとアフメドがそれぞれホッケーのクラブを持ってやってくる。これ、持ってて。アフメドがザーヘルを連れて去っていく。わたしはハーミドといっしょに滑りだす。ハーミドのスピードは速く、止まってと呼びかけても止まってくれない。手を伸ばしてきてわたしの両手をつかみ、わたしをぐるぐるまわす。周囲のすべてがぼやけてきて、ハーミドの顔だけがはっきり見える。薄いピンクに色づきはじめた頰、ヘルメットの下からのぞく巻き毛。わたしたちはオルゴールの中にいる。四方を壁に囲まれている。ここに入れる扉はどこにもない。

　帰りの車の中で、アフメドが言う——こんどの週末、おれの誕生日！　あれ、一月じゃなかったっけ？　それは移民局の誕生日。ほんとの誕生日はいまなの。じゃあ、なにかしたいことある？　そう聞くと、アフメドはラジオの音量を上げ、腕だけでダンスしてみせる——ビッグ・パーティー!!

アフメドの十八歳の誕生日。ここにいる子たちはみんな、誕生日の夕食になにを食べたいか自分で選べることになっている。アフメドは、生きた鶏がいい、自分で絞めて羽をむしってやる、と言いだした。〈ヴィリース〉でグリルチキンを買えばいいじゃない、とわたしが言うと、あんたは生きるってことについてなにも知らない、とアフメドは言う。

みんなで連れ立って〈ヴィリース〉へ。わたしが大きなカートを押し、ハーミドとザーヘルがあちこち走りまわって、アフメドの買い物リストに書いてあるものを取ってくる。仔羊《こひつじ》肉《にく》、鶏肉、パセリ、ライムの葉、トマト缶、コカ・コーラ、ファンタ、米、豆。取ってきたものでカートがいっぱいになる。

レジではアフメドが商品をカートから出し、ザーヘルがベルトコンベアーに載せていく。わたしはバーコードがレジ係のほうを向くように、商品をひっくりかえす。ハーミドはベルトコンベアーの先に立ち、品物を袋に入れる。わたしたちのうしろで列が長くなって、ハーミドの目に苛立《いらだ》ちと焦りが見えはじめる。アフメドがわざとゆっくり動いて、よけいに苛立ちを煽《あお》る。わたしはハーミドの役目を引き受け、車で待っているよう告げる。

施設に戻り、みんなで準備を進める。アフメドが料理長で、わたしたちはその部下だ。わたしは倉庫に置いてあった包丁を全部調理台に並べ、それからみんなでエプロンをつけて、髪の毛をうしろにまとめる。ヘアゴムはあるかとハーミドが尋ねてくる。彼がわたしの髪を、背中のずっと下のほうまで編んでくれる。

　フライドポテトをたくさんの油で和《あ》えてオーブンに入れる。大きな鍋をいくつも使って米を炊く。仔羊肉のシチューをかきまぜる。三人がそれぞれ部屋に戻って身なりを整えているあいだ、わたしはキッチンで待つ。ハーミドは刺繍の入った白シャツに着替えていた。アフメドが携帯スピーカーを接続して、ボリウッド音楽を大音量で流す。

　夕勤の職員が区画にやってくる。わたしとアニカは正面出入口に下りていって、風船を飾る。小さなピンクの造花をはさみで切って、髪の毛につける。リボンのロールに息を吹きかけて、出てきたくるくるのリボンをラジエーターに巻きつける。アフメドの友だちが入ってこられるように、正面出入口のアラームを切って、ドアを開け放したままにする。

　友だちはみんな、きれいな刺繍の入ったシャツを身につけ、髪をふくらませてヘアスプレーで固めていて、わたしたちと握手してくれる。ほかの階に住んでいるエリトリア人の女の子たちの何人かは、真っ赤な口紅を塗っていて、大きな笑い声をあげる。その中のひとりがアフメドの頬にキスをして、唇のマークがでかでかと残る。アフメドは悲鳴をあげる。禁止《ハラーム》だろ、これ！　男の子たちが笑い声をあげる。

　みんなソファーに、床に、調理台に座り、手を使って食べている。ハーミドが、パンを引きちぎってフライドポテトと鶏肉を包み、それからソースにつける食べ方を実演してくれる。わたしたちはてらてら光るチキンドラムスティックをかじる。わたしの食事がなくなると、アフメドが追加をよそってくれる。頬が汚れてべたべたになれば、ハーミドが紙ナプキンで拭いてくれる。

食事が終わると、職員が片付けをする。アニカが皿をすすいで、所長がそれを食器洗浄機に入れる。わたしは男の子たちが椅子を重ねるのを手伝う。アフメドがスピーカーの音量を上げて、みんながひとつの輪を作る。最初に輪のまんなかに進み出たのはアフメドだ。腰を振って踊り、両腕を高く掲げて頭をのけぞらせる。

エリトリア人の女の子がふたり進み出て、胸をぶるぶる震わせ、両手をしなやかに動かす。男の子たちは口笛を吹き、手をたたく。ハーミドがわたしの手を取って輪のまんなかへ連れていこうとする。やだ、やだ。だいじょうぶだって。みんながヨーデルみたいな裏声を出し、ハーミドは輪の中でわたしをくるくる回す。わたしは目を閉じて、ハーミドの動きをまねようとする。

輪から出ると、わたしは職員の一団にくっついて職員用のキッチンへ向かう。所長がマジパンで飾りつけたケーキを買っておいてくれたのだ。赤いアイシングで〝おめでとう　アフメド　18歳〟と書いてある。縞《しま》模様の小さなろうそくも買ってあった。ここではろうそくに火をつけてはいけないことになっているけれど、きょうはいいことにしましょ、と所長が言う。ほら、レベッカ、あなたがケーキを持って。わたしはケーキを持って廊下を進む。みんな後ろからついてくる。声を合わせて歌う――きょうはお祝い、きょうはお祝い、百歳までも生きますように。

アフメドがはっとしたように両手で口を覆う。ケーキを置けるように、ザーヘルがテーブルをひとつきれいに片付けて拭いてくれる。わたしはそこにケーキを置く。ろうそくの火を吹き消して、なにか願い事をするのよ、と所長が言う。願い事？　どんなことでもいいの、ただしだれにも言っちゃだめ、言ってしまったら叶《かな》わないからね。アフメドは目を閉じる。長い時間をかけて、強く息を吹きかけるうちに、ろうそくの火が全部消えていく。

　勤務を終えて帰宅する前に、わたしはハーミドの部屋のドアをノックして、薬を渡す。わたしたちはドアを入ってすぐのところに立ったままで、それ以上奥には行かない。ハーミドは壁にもたれている。わたしは窓の外に目をやり、雪をかぶった木を見つめる。なに見てる？　ハーミドがそう言って、後ろを振りかえる。そして、ダラフト、と口にする。ダリー語で、木っていう意味だよ。わたしはその言葉を繰りかえそうとする。ハーミドはフの音の出し方を教えてくれる。のどの奥のほうを鳴らす音だ。スペルは？　そう尋ねると、ハーミドはペンを手に取って、わたしの手に書く。Ｄａｒａｋｈｔ。
　わたしは帰宅する前に、長いあいだ石けんで手をこすり洗う。

十二月十三日、ルシア祭の日。教会に行かないかとアフメドが尋ねてくる。キリスト教に改宗したの？　いや、クラスのかわいい金髪の女の子たちが来るから。

彼は白いシャツに着替えている。シャツにはアイロンがかかっていて、髪の毛はヘアスプレーでセットしてある。わたしたちは自転車道路を歩き、アフメドがスマホのスピーカーでピットブルの曲をかける。あんたは教会行ってる？　宗教はとくに信じてないの。おれ、新しい神さまが要る、とアフメドは言う。ルシア祭の行列でルシア役の子がどんなふうに歩くか、両手を胸の前で合わせて実演してみせると、アフメドが尋ねてくる——神さまに祈ってるからそういうふうに歩くわけ？　さあ、どうなんだろう。あんたさ、自分の国のことなのに、どうしてなんにも知らないの？

教会に着くと、わたしは音楽を止めるようアフメドに言う。アフメドはポールモールの赤い箱を出す。外に置いてある屋外用の大きなキャンドルに向かって身をかがめ、煙草に火をつける。アフメド、煙草は捨てなさい。アフメドは深々と一服してから地面に煙草を落とす。わたしがそれを拾ってごみ箱に入れる。

シャンデリアが点灯している。アーチ型の天井が明るい。アフメドの張っていた胸がふっとしぼむ。彼は高い天井を見ている。わたしたちは最前列に腰を下ろす。アフメドはとなりに座っている年配のご夫婦を見て、同じように両手を組みあわせる。わたしも両手を組む。

オルガンが演奏を始める。振りかえると、ルシアの行列がすうっと入ってくるところだ。アフメドは目を丸くしている。お姫さまみたい。そう言ってスマホを出し、写真を撮る。わたしが言う前にもう、ちゃんと音を切っている。

礼拝が終わったあと、アフメドの友だちに出会う。彼らはあいさつするのに手を使う――まず拳をぶつけあわせてから、なにやらべつの動きもする。外で待ってるね、とわたしは言う。教会の外に立ち、両手をこすりあわせる。ＳＭＳを送る――アフメド、先に帰るから、施設で会おうね？　返事はない。

カレンダーに、ザーヘルの視力検査を予約すること、と書いてある。わたしは眼鏡店に電話して予約を入れる。ザーヘルは最近、教科書のすぐそばに座らないと勉強できない、と言っているのだ。いっしょに行ってもいいかとアフメドが尋ねてきて、三人連れ立って施設の車で出かける。ザーヘル、学校はどう？　そう聞くと、いまは職場体験中だという答えが返ってきた。高齢者ホームでのことを話してくれる。お年寄りが、ほっぺたさわってきたり、うすぎたないアフリカ人って言ってきたりする。どうしてアフリカ人って言うんだろ、ぼくアフリカ人じゃないよ？

　そのこと先生に言いなさい、とわたしは言う。きみにそんなことを言う権利はだれにもないんだよ、うちの所長にも話そうね。アフメドが言う——これからずっと、一生そうだよ。言っただろ！　ケンカ覚えないとだめだって。アフメド、お年寄りを殴ったりしたらだめよ。はああ《アボーウ》!?　年寄り殴るわけないじゃん！　次にそういうこと言ってくるのがギャングかもしれないから言ってんだろ？

　眼鏡店で、ザーヘルは視力検査のアルファベットを読もうとするけれど、最上段しか読めない。アフメドがとなりに立って、下の列までアルファベットを順番に読みあげていく。検眼師がアフメドに座るよう言うけれど、アフメドはしたがわずにお店の中を歩きまわって、眼鏡のフレームを試着する。小さな丸いフレームの眼鏡をかけて、お店の向こうのほうで変な顔を作ってみせ、笑う。

　ザーヘルはいちばん安いフレームか、二番目に安いフレームか、どちらかを選ばなければならない。でないと社会福祉局から手当が出ないのだ。ザーヘルが選んだのは、紺色の四角いフレームだ。かけると大人っぽく見える。おお兄弟、博士みたいだな！　アフメドがそう言うと、ザーヘルは、ありがとう、と応じる。

朝食のときに、アフメドがキッチンで讃美歌《さんびか》集を読んでいる。それ、どこから持ってきたの？　友だちに借りた、とアフメドは言う。ページの縁が金色になってるの、ほんものの金？　売ったら金持ちになれる？

　きのうキリスト教の礼拝に行ったのだという。舌に載せてもらった白くて薄いパンのこと、ワインのことを話してくれる。ハーミドは朝食を持って自室に行ってしまう。アフメドがダリー語でなにか言って、ムスリムという言葉が聞こえたけれど、ハーミドは答えない。ザーヘルは黙ったままで、卵を食べている。

　アフメドが讃美歌集を持って外に出ていく。靴下にスリッパをはいただけで、楢の木の下に立ち、煙草をくわえて読んでいる。ハーミドが出ていき、しばらくすると大声が聞こえて、わたしは外を見る。アフメドとハーミドがつかみあっている。ハーミドがアフメドを木の幹に押しつける。わたしはアラームのボタンを押し、階下へ走る。べつの階で働いている職員と合流する。

　べつの階に住んでいるソマリア人の男の子が、ふたりのあいだに割って入ろうとする。ハーミドとアフメドはたがいに頭を押しつけあっている。ハーミドが地面に積もった雪をがしりとつかんで、アフメドの顔に押しつける。なにやってるの!?　わたしが叫び、ローゲルがふたりを引き離そうとする。ハーミドが首にかけている、玉をつなぎあわせたお祈りのためのネックレスを、アフメドがつかんで引きちぎる。玉が雪の上に飛び散る。

ハーミドはアフメドに向かってつばを吐き、駐輪場に行って自転車を出す。アフメドがダリー語でわめき、ソマリア人たちはソマリア語で話している。スウェーデン語で話して！　わたしは叫ぶ。ハーミドの自転車を追いかけて走るけれど、追いつけない。となりの家の女の人が玄関扉を開けて、目を丸くしてこちらを見つめている。声をかけようと近づいていくと、女の人は扉を閉めてしまう。

夜、わたしはザーヘルの部屋に入る。ザーヘルがナイトテーブルのひきだしから紙切れを出してくる。〝テコンドー体験〟。文字の下に、格闘する人ふたりの絵。ほんとにケンカ覚えようとしなくていいんだよ。わたしはそう言うけれど、行ってみたい、とザーヘルは言う。どこなの？　紙とペン、ある？　わたしはチラシの裏側に、テコンドー道場への地図を描く。

ザーヘルは翌日にはもう、テコンドーを続けると決めている。裸足《はだし》で廊下の奥に立って、ゆっくりと、型どおりに体を動かし、天井に向かってハイキックを繰り出す。テコンドー用品を買う費用の手当を社会福祉局に申請したけれど、こんどは却下されてしまった。すると、テコンドーの先生が職員室の電話番号にかけてくる。ザーヘルには天性の才能があります。うちの息子が昔使っていた用具を、ザーヘルに譲ろうかと思うんですが。かまいませんかね？　もちろんかまいません、とわたしは答える。

ソファーに座って、テレビでドクター・フィルのトークショーを見ていると、ポケットに入れていたアラームがぶるぶる震えて甲高い音をたてる。〝襲撃警報、正面出入口〟。わたしは階段を駆け下りる。出入口のロビーに全区画の職員が集まっている。所長が指さしているのは、建物前の車道に置いてある大きな黒いバッグだ。縦およそ一メートル、横およそ四十センチの、平たいバッグ。なんでしょうね？　爆弾かもしれないし、なんであってもおかしくない、とローゲルが言う。さっぱりわからないけれど、念のため気をつけないと、とアニカが言う。こういうことは軽く考えちゃいけない、と所長が言う。集まった職員から少し離れたところに行って、携帯電話を出す。

　わたしたちはみんな念のため、ガラスドアの内側にとどまっている。所長が戻ってくる。パトカーが来てくれるって。入居している子たちに、自分の部屋に戻るよう指示してちょうだい。わたしは階段を駆け上がり、ザーヘルの部屋のドアをノックする。返事はない。タグキーでドアを開けるけれど、中にはだれもいない。

　ハーミドの部屋のドアをノックする。ハーミドが出てくる。キャラメル色の瞳。ぼさぼさの髪の毛。いまの彼とわたしを隔てているのは服の布だけだ。ぜったいに部屋から出ないでね、とわたしは言う。なにかあった？　だいじょうぶ、心配しないで。ハーミドはうなずく。

わたしがその場を去っても、彼がドアを閉めていないのが音でわかる。

　アフメドの部屋のドアをノックしたところで、窓の外を見ると、ザーヘルが自転車で建物に近づいてきている。わたしは窓を開け、大声でザーヘルを呼ぶ。ザーヘルはイヤホンをつけていて、車道を自転車で走り、駐輪場に自転車を置く。所長がザーヘルに近づいていく。ザーヘルはバッグに向かい、ひょいと肩にかつぐ。それ、なにが入ってるの？　所長が尋ねると、ザーヘルはイヤホンをはずし、バッグを開けてみせる。テコンドーの白い道着が見える。

三人とも窓辺に立って、正面出入口の前にとまったパトカーを見ている。ズボンのベルト部分に手を入れた、制服姿の男の人たち。そのうちのひとりが視線を上げると、みんな窓辺からさっと身を引く。どうして隠れようとするの？　三人は壁を見ている。白いぼろぼろの壁紙に映った、パトカーの青い灯を。

職員室の電話が鳴る。かけてきた人はこの建物の所有主と名乗り、近隣住民から苦情があったのだと話す。ずいぶん早いですね？　わたしが言うと、どういう意味かと所有主が尋ねてくる。さっき警察が来たばかりなので。いや、ほかにもいろいろあったようで、近隣住民の方々が集まって苦情を申し立ててきましてね。いろいろ、ですか？　ケンカとか、騒ぎとかですよ。わたしは所長の電話番号を伝える。

朝、わたしはアフメドの部屋のドアをノックする。中に入り、ベッドのそばに腰を下ろす。きょう、三時に移民局に行く予定なの、覚えてる？　アフメドはベッドの中で身をよじる。手紙を受け取ったのはもう半年以上も前だ。ここ一か月はずっと、アニカが週に一度はアフメドに念押ししている。

　わたしは先に車に乗って待つ。髪をぴったりと撫でつけたアフメドが、正面出入口から外に出てくる。シャツは白で、ブルーの細い縞模様が入っている。こんなかしこまった服装のアフメドを見るのははじめてだ。緊張してる？　車に乗りこんだアフメドに、そう尋ねてみる。アフメドは答えない。わたしが作ってアルミホイルに包んだサンドイッチが、ダッシュボードの上に置いてある。アフメドは大切な面接に出かける日、朝食をとることができないから。

　丸太を運ぶトラックを何台も追い越して走る。轢《ひ》かれてぼろぼろになったキツネの死骸が道路脇に落ちている。音楽を聴きたいか尋ねると、アフメドは首を横に振る。そのまま三時間、黙ったまま走りつづける。アフメドはしとどに濡れた風景を、溺れかけている唐檜《とうひ》の木々を、じっと見ている。アフメド、着く前になにか食べなきゃだめだよ。アフメドは首を横に振る。

わたしはハロンベリエン方面、左にウィンカーを出す。小さな出入口のある、巨大な重い塊のような灰色の建物の前に、車をとめる。アフメドは降りようとしない。わたしは車を降りる。反対側にまわる。アフメドの側のドアを開ける。彼はじっと座ったままだ。

待合室の受付係に、待つよう言われる。待つのは得意だ。わたしたちは壁に造りつけられた折りたたみ椅子に座り、あたりを見まわす。申請窓口のある広間にひしめく人々を眺める。それぞれ手に番号札を持って、十四か所ある防護ガラス付きの窓口の前で待っている人々。座ってパソコンのキーをたたいている係員たち。

アフメドにとってはすでに経験済みのことだ。彼はこの部屋で待ち、指紋をスキャンされ、顔写真を撮られ、生まれ育った村のさまざまな場所を地図で指し示し、難民申請の理由を話したことがある。まるで体のファスナーを開けて内臓を見せ、じゅうぶんにぼろぼろかどうか検分されているようだ。アフメドはバスで、まずメシュタに、それからルーレオに、それからセーデルハムンに送られた。泳ぎを覚え、料理を覚え、バナナの冠詞はenでリンゴの冠詞はettであることを覚え、天井の明かりを消して眠ることを覚えた。どれももう、ずいぶん前のことだ。

係の人がアフメドの前にやってきた。いまから十分後、アフメドは難民申請の結果を知らされる。アンナ・ヨハンソンはマリンブルーのジャケットにズボン、白いブラウスという服装だ。真っ黒なマントを身につけているわけではない。この人は伝書鳩《でんしょばと》にすぎない。金髪がふわりと舞う。この人は使者にすぎない。軽く頭を下げ、アフメドの土色の瞳を見つめる。

やさしそうな人だ。つるりとなめらかな人。ふたりは廊下の向こうに消えていく。

わたしはそれから十五分、アフメドを待つ。戦地に出た人を待つのはこんな気持ちかもしれない。傷ついて帰ってくるだろうか、それとも無事だろうか？　再会の抱擁はどんなふうになるだろう。ぎゅっと抱きしめあって、くるくるまわったりするのだろうか。将来の夢を尋ねたりもできるだろうか。それとも、じっと立ったまま抱擁しあうことになるだろうか。時計の針を手で押さえて、夜が来るのをなんとしてでも止めようとするだろうか。

アフメドがアンナに付き添われて戻ってくる。わたしはアフメドの後ろを歩いて車に向かう。アフメドがジャケットを脱ぎ捨て、わたしが拾う。アフメド、待って。アフメドはまっすぐ歩いていく。振りかえって、言う——あの女、殺してやる、ぜったい殺してやる。アフメド、スウェーデンでは人を殺したりしないの。あいつはおれを殺す、とアフメドは言う。

アフメドが死を話題にしたら、わたしは耳を傾ける。その肩に手を置くと、彼ははじめ息をはずませているけれど、やがてわたしの腕の中に倒れこんでくる。わたしはその小さな頭に手を載せる。

アフメドは苦しみから逃げようとする。施設に帰り着くと、アフメドは植え込みに沿って駆けだし、自転車道路に出て水辺へ走り、岸でようやく立ち止まる。アフメド、待って！　アダム、どこ行くの？　わたしはあとを追いかけ、白樺の下のベンチに座る。質問をする勇気はなく、ただじっと座っている。アフメドは地面から石をいくつも拾い上げる。氷に向かって投げつける。川は氷の下でさらさらと流れている。氷にひびは入るけれど、割れはしない。わたしは、アフメドが勢いをつけて石を投げるときに、撫でつけた髪がひょこんと跳ねるのを、じっと見ている。

　アフメドが大きな石を持ち上げる。両手で持ち上げて、脚のあいだで前後に振る。手を放す。石が飛んでいって、氷に着地する。しばらくゆらゆら揺れているけれど、やがて止まる。

　アフメドは向きを変え、わたしに向かって歩いてくる。プーマのスニーカーが地面をこする。彼はベンチにどさりと座り、わたしのひざに頭を載せる。しばらく経ってから、アフメドがささやく――あんたの家族の話、してくれよ。わたしはアフメドの肩に手を置いて、話しはじめる。兄はオスカルって名前で、牧羊犬を何頭も飼ってて、森の中に住んでる。そりに毛布を敷いて、そこに座って、犬十頭にそりを引かせて山の中を移動するの。ほんとに？　ほんとだよ。犬たちはみんな、氷みたいな目をしてるね。体は白と黒で、雪の中を飛ぶように走る。見てると狼《おおかみ》かと思うよ。アフメドは目を閉じて、わたしの手を探す。わたしは彼の手を握る。

泣きわめく人が腕の中にいるというのは、一種独特の経験だ。こちらの心は閉じていく。ほんとうではないことを言ってしまう。現実から離れる。現実を歪める。しまいには、泣きやんでくれるならと、どんなことでも言うようになる。

夜、わたしは手袋をはめた手で自転車のハンドルをつかんで帰途につく。自転車のライトが暗闇のあちこちを飛びまわる。わたしは道路を見て、木々を見て、頭の中で言う――あそこが道路、あそこが木。

グリルした鶏の骨付きもも肉を持って、アフメドの部屋のドアをノックする。アフメドはベッドで横になっている。天井から下がった裸電球がついたままだ。わたしがそれを消す。ブラインドを下ろすと、薄板があちこち妙な方向に折れて絡まっている。わたしはベッドにいるアフメドのそばに腰を下ろす。ちょっと食べなさい。彼はひと口かじる。そうそう、とわたしは言う。

　家族のことを聞いてみたい。国に帰ったら、だれのもとに戻るのか。だれか残っている人はいるのか。でも、もう、そういう質問はしない。ほかのことを聞く。きょうは水飲んだ？　追加のお薬、なにか要る？　ちゃんと寝た？　ここにいてほしい？　アフメドは、いや、と答える。わたしはそっとドアを閉めて出ていく。

アニカがアフメドの見守りを始めることを決めた。つまり、職員のだれかが二時間に一度、アフメドのようすを見に行かなければならない。部屋に入ってみると、アフメドはここ数日のあいだに使った食器を溜《た》めこんだままで、蠅が群れをなして室内を飛びまわっている。緑色にぎらぎら輝く黒い虫たち。もう部屋の一部と化していて、アフメドは気づいてもいないようだ。ベッドに横になったままで、ずいぶん前につけたヘアワックスで髪がくっついて束になっている。アフメドはわたしのことを目で追っている。わたしはベッドの縁に座る。彼の体臭が気になって遠ざかる。シャワー浴びなきゃだめだよ、アフメド。わたしはブラインドを開け、窓を開ける。アフメドはふとんを頭からかぶってしまう。

所長がアフメドに、今週末までに施設を出ていくようにと言い渡した。夜、アフメドは手が血まみれになるほどに外の楢の木を殴りつける。皮膚が真っ赤になり、あちこちが切れて樹皮のかけらが刺さっている。職員室に入ってきたアフメドの目は殺気立っているけれど、わたしが彼に向かって両腕を伸ばすと、その目が潤んでいく。

　アフメドの拳にタオルを巻きつけて救急外来へ。駐車代が四十二クローナかかるとわかって、お金を持っているかアフメドに尋ねると、彼は首を横に振る。わたしが自分のカードで支払いをしていると、アフメドが自動支払い機を殴りつける。いいかげんにしなさい！　わたしは叫ぶ。アフメドはあとずさる。

　待合室で、アフメドは左手でゲームの〈アングリーバード〉をやっている。手を高く上げたほうがいいよ、頭よりも高くね、とわたしは言う。看護師が呼びかける――アフメド・ホッセイニさん。名前、アダムなんだけど、とアフメドは言う。記録にはアフメドと書いてあるから、そう呼んでいるだけですよ。

　手を消毒して、包帯を巻いてもらう。自然に治るわよ、と看護師は言う。

車で施設に戻り、わたしはきょうのできごとを日誌に書く。それから最後の巡回をする。アフメドの部屋のドアをノックする。中にはだれもいない。蝿があたりを舞っている。水差しに入ったシロップ水に浮いているのもいる。靴は室内に残ったままだ。階段で携帯電話を出したところで、屋上への扉が半開きになっていることに気づく。扉を開ける。冷気が襲いかかってくる。アフメドの名前を呼ぶ。ずっと高いところに人が座っていて、頭から煙がひとすじたちのぼっているのが見える。

わたしは梯子《はしご》をのぼる。屋根に上がるのは危ないよ。あんたに危ないって言われるの、もう飽きた。わたしは屋根瓦の上を歩く。いまにも瓦が滑り落ちそうで怖い。アフメドは大きな黒いダウンジャケットを着ている。はるか遠くに街が見える。黄色い街灯、ゆっくり走っている車。アフメドの手を取ると、凍《い》てつくように冷たい。自分の両手でその手を包み、温かな息を吹きかける。どうしてここに座ってるの？　アフメドは煙を吐きだす。ここに座ってると、だれかと話をしてるみたいだ、とアフメドは言う。

アフメドは汗のにおいを漂わせ、包帯を巻いた手に煙草を持っている。おれの母さんの名前なんだったか、知ってる？　わたしは首を横に振る。アフラ、とアフメドは言い、施設の前にそびえる木を指さす。楓って意味だよ、だいたいな。

アフメドが屋根に上がっていたことについて、わたしは日誌になにも書かない。

ハーミドとザーヘルが、ベーコンと焼きマッシュポテトの入ったソデクソ社製の食事パックを食べている。わたしはとなりに座って、残ったベーコンを食べる。アフメドの部屋のドアが開き、彼が駆け出てくる。両手を丸めて合わせていて、手の中になにかいるようだ。体が震えている。手を開くと蛾《が》が飛びだして、アフメドはまたそれをつかまえる。息が荒い。アフメド、ただの蛾だよ、危なくないよ。アフメドはあたりを駆けまわり、観葉植物を倒し、壁に掛かっていた絵を落とし、果物の入ったボウルをはたき落とす。落ち着いて。わたしはそう言って、アフメドをつかまえようとする。

　ザーヘルが床に落ちたオレンジを拾う。ハーミドが窓を開け、アフメドは蛾を外に放す。そして床にくずおれる。ハーミドが身をかがめて彼の頬を軽くたたくけれど、アフメドは近づいてくる人みんなを払いのける。

　わたしがアラームを鳴らしたので、ほかの職員もやってくる。精神科の救急外来に電話すると、こう言われる——自分の意思で来るよう説得してください、それが無理なら強制的に連行することになりますが。自分の意思で行くとは思えません、とわたしは答える。

　警察が来て、アフメドの両腕を背中のうしろで固定する。アフメドが身を振りほどこうとして、警官はさらに力をこめる。わたしはアフメドの目を探し、言う——だいじょうぶだからね。けれど、アフメドはそこにはいない。ハーミドがザーヘルの肩を抱いて部屋へ連れていく。

夕方、黄昏《たそがれ》がこのうえなく青い。わたしは精神科救急外来の待合室に入る。勤務時間はもう二時間前に終わっている。革製のソファーはベージュだ。人々はそれぞれ自分の中に沈みこんで座っている。わたしは受付に向かう。アフメド・ホッセイニに面会したいのですが。

受付係が言う——座ってお待ちください。

どのくらいかかりますか。

それはなんとも言えません。

アフメドの具合は？

失礼ですが、どなたでしょうか。ご親戚ですか？

アフメドが住んでいる難民収容施設の職員です。

守秘義務というものがありますから、と受付係は言う。とにかくおかけになってお待ちください。

だいたいどのくらいかかるかご存じですか。

座ってお待ちください。

わたしは座り、待つ。窓台にカラスがとまっている。爪が金属をたたく。

わたしは私用のスマホでフェイスブックを開き、アフメド・ホッセイニを探す。やわらかな青い絹のショールをまとった聖母マリアの絵をプロフィール写真にしているアカウントが見つかる。過去のプロフィール写真を眺めていると、ついにアフメドとわかる写真が見つかった。サングラスをかけて公園に立っている。自己紹介の欄には〝リスペクト・アンド・ラブ〟とあり、仔羊を抱いたイエス・キリストの絵を投稿している。

扉が開いて、所長と目が合う。わたしは立ちあがって片手を差しだし、所長も近づいてきて握手に応えてくれる。あなた、ここでなにしてるの？　アフメドがだいじょうぶかどうか確かめたくて。すると、所長は言う——あなたのしたことは全部正しかったわよ。アラームを鳴らして、精神科救急に電話して、指示にしたがった。わたしはうなずく。もう帰って休みなさい。所長は受付に向かい、看護師といっしょに病棟へ入っていく。わたしは黄昏の中に出る。

次の日の朝、ハーミドとザーヘルが正面出入口でわたしを待っている。アフメドの具合は？　ハーミドが尋ねてくる。わからない。会わせてもらえなかったから。どうして？　スウェーデンでは病院にいる人に面会するとき、家族じゃないと許可が出ないことがあるの、たとえばお母さんとか、お姉さんとかじゃないと、とわたしは説明する。ぼくたち家族いないよ、とザーヘルが言う。だれが面会に来てくれる？　ぼくたちは、アフガニスタンの息子なんだ。

アフメドは移民局の成人男性用一時滞在施設に移された。送還は四日後だ。社会福祉局の担当者が電話してきて、どなたか面会に行っていただけませんか、とても喜ぶと思います、と言う。わたし、行ってもいいですか？　そう尋ねると、所長が許可を出してくれる。灰色のアスファルトの自転車道路を歩いて、石造りの建物に向かう。世界を見るのぞき穴のような小さな窓。花やカーテンは見当たらない。腰に鍵束を下げた職員がわたしを迎えてくれる。がっしりした体格で、あごひげを生やしている。握手も固い。

職員がノックもせずにドアを開ける。中には二段ベッドが五台ある。十人分だ。横になって眠っている男の人たちの背中が見える。部屋のいちばん奥に、ひざを抱えて座っている人がいる。

職員が去っていき、わたしは中に入る。ひざの向こうにふさふさの髪の毛が見える。肌はつるりとして土気色だ。アフメド？　しっ、アフメドはそう声をあげて、ふとんの下に入れているなにかを見下ろす。鳥のさえずりが聞こえて、近づいてみると、アフメドが鳥の雛《ひな》を手に乗せているのが見える。頭のてっぺんが青くて、翼の羽根はまばらに見える。

外で見つけたんだ、木の下にいた、とアフメドが言う。内緒だぞ！

わたしは、アフメドのとなり、ベッドということになっている幅の狭い木の台に腰を下ろす。

巣にいる雛をつかまえるのは、絶対にしてはいけないことだよ。

巣から落ちてたんだよ。

それなら、そのままにしておかないと。母鳥が見つけられるように。

母鳥はいなかった。アフメドはそう言って、わたしを見る。目がひどく大きい。目がふくらんで大きくなることなんてあるのだろうか？

戻ってくるかもしれないよ。

戻ってこなかったら？　アフメドはそう言い、指先で雛を撫でる。

アフメド、気分はどう？

こいつ、持ってみたい？　アフメドが言う。わたしは首を横に振る。

上のベッドで人が身動きしている。わたしは言わなければいけないことを言う。その子、放してあげなさい、アフメド。だいじょうぶだから。施設のみんながよろしくって。

知らせが来たのは早朝だ。社会福祉局の担当者が電話してきて、所長に代わってほしいと言う。

所長はここ数日の日誌を読ませてほしいと頼み、わたしたちそれぞれにコピーが配られる。

日誌

アフメド・ホッセイニ

昨日の一件のため要看視。昨日（月曜日）精神科救急外来に入院。本日（火曜日）退院。退院にともない、当面は移民局の一時滞在施設に入居。

09：00

精神科救急外来にアフメドを迎えに行く。疲れたようす。薬を与えられているとのこと。本人に具合を尋ねるが、返答なし。

11：00

アフメドの部屋に入室したところ、本人はベッドに横になり、目を閉じていた。話しかけても返答なし。

13：00

アフメドが左手首を自ら傷つけたことを確認。事情を尋ねるが、返答なし。室内を確認したところ、枕の下からガラスの破片を発見。没収する。

15 : 15
アフメドが薬について尋ねてくる。アタラックスを一錠、水とともに与える。のみこんだところをしっかりと確認。

07 : 00
尿検査のため採尿を指示。アフメドは拒否。

10 : 00
以前入居していた施設の職員が面会に訪れる。

12 : 00
アフメドが部屋から出てくる。食事をする。これまでより明るく振る舞っている。

04 : 00
アフメドの部屋から悲鳴が聞こえる。ドアを開け、部屋の隅でアフメドを発見。過呼吸。なにがあったのかと筆者が尋ねると、アフメドは、部屋にタリバンがいる、見つかってしまった、と答える。室内で鳥を一羽発見。それから長いあいだ付き添い、紅茶を出したところ、やや落ち着きを取り戻す。朝の八時ごろに就寝。

15：00

アフメドが薬を所望。気分が落ちこんでいるようす。アタラックスを二錠与える。

20：00

アフメド脱走。警察には連絡済み。

アフメドは石灰岩の採石場で発見された。犬の散歩に出ていた女性が、採石跡の湖に張った氷のあいまになにかが浮かんでいることに気づいた。浮いているのが後頭部だとわかって通報した。発見までに二日かかった。警察はいっさい探してくれなかった。友だちだけが探していた。〈バーガーキング〉の付近を、教会の中を、いつも座っていた噴水のまわりを。

わたしたちは輪になって座っている。話がしたければ連絡できるよう、心理士の電話番号の入った名刺が全員に配られた。アニカがコーヒーをいれてくれた。ローゲルはいつものチェックのシャツ姿で、ボタンを襟元まできっちり留めて座っている。時計回りで行きましょう、と所長が言う。最初はアニカだ。
なにより腹が立つのは、移民局が子どもに対してこんな仕打ちをするってことです。子どもの権利条約はどうなったの？　ローゲルの番になる。われわれには、あれ以上のことはできなかった。人が足りないんです。みんな腕は二本しかない。目もふたつしかない。こんな結果にならないために、ほかになにかできることがあったというなら、教えてもらえますか？　なにもないんですよ、とローゲルは自分の問いかけに答える。

前にアフメドが、自分は早死にするって言ってたことがあります、とわたしは話す。手を出して、生命線を指さして、ほら、とぎれてる、って。長生きすると思うよ、ってわたしは答えました。ほんとに、そう答えたんです。

アニカが言う——わたし、いつも、アフメドが夜キッチンで寝たいって言ったらそうさせてあげてました。ここなら弟の叫び声が聞こえないって言ってた。キッチンで寝るのは禁止だってわかってますけど、いったいどうしたらいいっていうんですか？

ローゲルが言う――ときどき、夜勤のあいだに眠気を払おうと思って外に出ると、アフメドが屋根に座ってることがありました。最初は大声で叱って連れ戻してたけど、上を見ないようにすることもありました。どうしてだろうな。あの子がまた屋根の上にいるのを見るのがつらかったのかもしれない。

わたしはアフメドといっしょに屋根に座ったときのことを思い出す。わたしはアフメドを見つめ、アフメドはべつのなにかを見つめていた。真っ黒で巨大ななにかが、彼の上に覆いかぶさろうとしていた。

所長が言う――アフメドの誕生日にケーキのかけらを投げつけあったの、覚えてる？　あの子、わたしの額にケーキを命中させてね。最初はぎょっとした顔してたけど、わたしが笑ってるのを見て、あの子もヒステリックに笑いだした。

あの子が笑うところを見たの、あれが最後です、とアニカが言う。

アフメドに聞かれたのよ、里親の家に引っ越せないかって、と所長が言う。それで、社会福祉局の担当者に何度も問いあわせたんだけど、社会福祉庁が里親家庭のための補助金を打ち切ってしまってね。あの子に里親が見つかる可能性は、万にひとつもなかったの。

運命など知らずにいられたらどんなにいいか。嗅ぎつけてしまうことなどできなかったら。この場所はガラスの人間を打ち砕く。人の体を粉々に割る。四方の壁が迫ってきて、屋根が下がってくることに、気づく人は気づいてしまう。ここは、人が死ぬ場所だ――みんな知っている。それでもわたしたちは時計の針にしたがって動く。それで人が解放されるかのように。

どんな結果であろうとさっさと知りたい、とアフメドは言っていた。相手が女の子であっても電子レンジであっても、とにかく待つのがきらいな性格だった。だから、ほんとうにさっさと知りたいのだろう、と思っていたけれど。

わたしは心理士に電話する。相手が出ると電話を切る。いかにもお役所っぽい声はもう聞きたくない。ここの子たちが夜に帰ってくるときに、近所の人たちがカーテンの奥からようすをうかがっているのを見たくない。腰につけたアラームが震えるのを感じたくない。

ハーミドのことを考える。彼のことを考えると目に浮かぶのは、お祈りの絨毯を持っている姿だ。信仰で人が救われるとしたらどんなにいいだろう。信仰で人は救われない。わたしはその証拠をごみ収集室で目にしている。牛乳パックや卵のパックといっしょに捨ててある、模様の入ったいくつもの深紅の絨毯。職員ですら、もう分別はあきらめている。

赤いバラ。ろうそく。高い天井。なにも塗られていないパイン材の棺《ひつぎ》。眺めることのできる天井画。男の子たちはみんな黒い服を着て、並んで座っている。アフメドがキリスト教に改宗したのは、そのほうが在留許可が下りやすいからだ、と一部の人は思っているらしい。本人は、移民局の面接で改宗の理由を聞かれて、これまで信じていた神に裏切られたから、新しい神が要る、と答えていた。

　アフメドの瞳は土のような濃い茶色だった。杓子を手にした牧師が土をすくって、棺にぱらぱらとかける。オルガンの演奏が始まる。長椅子の前に置いてある深紅の讃美歌集は閉じられたままだ。牧師が歌いはじめる――

〝星々の憩う天空も　雛鳥の住まう親の巣も　父なる神の安らぎには　比ぶべくもなし〟

　アフメドの友だちはみんな、髪をきちんと整えて、じっと座っている。額に入れられて棺の上に置かれた写真を見ている。写真のアフメドは微笑んでいる。ずいぶん前の写真だ。

　ザーヘルとハーミドが買ってきたのは、シルバーのラメのちりばめられた赤いバラだ。キッチンの包丁を借りて自分で切り、棘《とげ》も全部落としていた。ザーヘルは自分の持っていたバラを棺に置くと、両手で顔を覆う。ハーミドがザーヘルに腕をまわして抱きしめ、その頭にキスをする。

ほかの男の子たちは寄り集まり、肩を組みあって立っている。わたしたち——教師や、施設の職員や、社会福祉局の担当者は、長椅子に座っている。両手をひざに置いて、言葉を持たずに。

わたしたちは並木道を歩いて施設に戻る。アニカがザーヘルの肩を抱いている。先頭を歩いているハーミドは、まだバラを手に持っている。わたしはハーミドに追いつく。そのバラ、置いてこなかったの？　ハーミドは肩をすくめる。欲しい？　そう言って差しだしてくる。わたしは首を横に振る。

わたしたちは川に向かって草むらを横切り、施設のある側への橋をめざす。わたしはアフメドに思いを馳《は》せる。まだ草むらに霜が降りていたころ、アフメドはあそこに立って石を投げていた。いま、川は流れている。ザーヘルが石を拾って川に投げこむ。ぽちゃんと音がして、石は消える。

わたしは四日間仕事を休み、それから自転車で施設に戻った。正面出入口で通行証をかざすと、ドアはいつもどおりに開く。夜勤を終えたアニカがソファーに座っていて、髪の毛が脂っぽくなっている。

お掃除の人がね、アフメドの持ち物を袋に入れて洗濯室に持っていってくれたの、とアニカが言う。もし気力があったら調べてみて。なかったらわたしがやるから。

アフメドの服は青いビニール袋に入っていた。わたしは袋を開け、ひっくりかえして中身をどさっと出し、じっと見つめる。ここで働きはじめたころ、人の体液に触れるのが怖かったら手袋をつけてもいい、と言われたことを思い出す。いまのわたしはビニール手袋をつける気になれない。アフメドの使っていたシーツを広げる。床に敷いて、そこに座る。アフメドのダウンジャケットを手に取る。においを嗅ぐ。布に鼻を押しつける。デオドラントと煙のにおい。ポケットに手を入れる。どんぐりふたつと、チョコレートウエハースの黄色い包み紙、ライター。ここではライターを所持してはいけないことになっている。規則違反だ。わたしは服を洗濯機に押しこむ。洗剤と、リンゴの香りの柔軟剤を入れる。アフメドはリンゴが大好きだった。部屋に隠し持っていることもあった。一度、逃げている途中で食べものがなかったときの話をしてくれたことがある。乗った船に男の人がいてさ、リンゴ食べてて、緑色で大きくてつやつやしてて、ひと口もらってもいいかって聞いたら、だめって言われた。まあ、そりゃそうだよな。それ以来、アフメドは昼も夜もリンゴを食べては、芯を床に捨てていた。残った果肉に蠅がたかっていたけれど、アフメドはそういうことを気にかけない子だった。

わたしは服をたたんで袋に入れる。所長室のドアをノックする。所長が出てきて、言う――おかえりなさい。座って。わたしは所長の机の前にある木の椅子に座る。所長はパソコンの前の椅子にどさりと腰を下ろす。こうしてまた出勤してみて、どんな気持ち？　わたしは肩をすくめる。心を揺さぶられるのは当然よ、と所長が言う。つらくて当たり前、だってこういうことは本来、あってはならないんだもの。でも、抱えこむのはよくない。責任を感じすぎないようにしないと。やれることはやったんだから。

アフメドの持ってたものはどうするんですか。わたしがそう尋ねると、所長は言う――捨てるのがいいんじゃないかしら、残しておいたら気持ちが乱されてしかたがないでしょうし。捨てるんですか、アフメドの遺品を？　所長は言う――こうしましょう。アフメドの遺品をどうするかはあなたが決めていい。どこかに寄付したいならそれでもいいわ。わたしはドアへ向かう。そうそう、と所長が声をあげる。明日八時に全職員のミーティングをするから。かならず来てちょうだいね。

ハーミドがキッチンで卵を焼いていて、テーブルに出しながら尋ねてくる——食べる？　いっしょに腰を下ろし、わたしは卵をパンに包んでソースにつける。学校はどう？　宿題、手伝おうか？　心理士のところに行きたかったら言ってね。ハーミドは首を横に振る。あなたの髪を編んでもいい？　彼は手を洗ってから、わたしの背後に立つ。ハーミドのほうがわたしよりも背が高い。指を使って髪を後ろに梳《す》いてくれて、わたしは目を閉じる。ハーミドは髪の毛を三つに分けて、きつく三つ編みにする。痛いよ、とわたしは言う。このほうがきれいになるんだ、とハーミドは答える。

仕事はいま、ドクター・フィルのトークショーと、ドラマ〈エマーデール〉の背景で進行している。わたしはソファーに座って、携帯電話のアラームを設定し、一時間後にそれが鳴ると廊下を歩く。スーパーボールを投げつけたら永遠に跳ねつづけていそうなほどに長い廊下。わたしはドアに耳を当てて、物音がするかどうか確かめる。ノックして、なにしてるの、と尋ねることのできる相手がいるかどうか。

　わたしはアフメドの遺品の入った袋を取ってきて、ザーヘルの部屋のドアをノックする。元気？　はい、とザーヘルは答える。死にたいって思う？　わたしはそう聞きたくなる。けれど、聞く勇気はない。

　アフメドの持ってたものなんだけど、なにか欲しい？　わたしは袋を差しだす。ザーヘルはダウンジャケットを取り出して、自分の前に掲げる。それから袖を通す。ジャケットの肩の線がザーヘルの肩から落ちている。ザーヘルは自分の姿を鏡に映して、前、後ろ、両脇を見る。

　アフメドの家族のこと、なにか知ってる？　わたしが尋ねると、ザーヘルは答える——男兄弟が五人いたって。みんなAで始まる名前。アフメドの家族に連絡を取って、なにがあったか知らせたいんだけど、できると思う？　ザーヘルはわたしを見て、言う——どうして？

アフメドが生きてるって思ってたほうがいいよ。

去りぎわに、わたしはザーヘルに尋ねる——ハグしてくれる？　抱擁を必要としているのがザーヘルなのか、わたし自身なのか、よくわからない。ザーヘルがおそるおそる両腕をまわしてきて、わたしはザーヘルをしっかりと抱きしめる。この子は泣いたほうがいい、とわたしは思う。泣くのはいいことだ、と。わたしは苦しげな息遣いが聞こえてこないか耳をそばだてる。けれど、聞こえるのは自分の呼吸だけだ。

所長はミーティングに遅れてきた。ネイルが変わっている。爪の先のほうに入った青いラメ。所長はＩＣＡスーパーで買ってきたデニッシュを出して、座る。そして、言う——社会福祉委員会の決定が届いてね。運がよかったのよね、こんなに長く続けられて。でも、この県のほかのＨＶＢホームと同様、ここも閉鎖が決定しました。

閉鎖って、いつですか？　アニカが尋ねる。

経済支援課に空きがあって、あなたたちを優先的に採用するって。

アニカが、ふん、と鼻を鳴らす。所長は続ける——閉鎖まではフルタイムのお給料を出すわよ。月末にはもう閉めないといけないの。

わたしは尋ねる——ここにいる子たちはどうなるんですか？

施設を開けているかぎりは、できるかぎりお世話する。そのあとは、社会福祉局がちゃんと仕事をしてくれると信じるしかないわね。

アフメドのときみたいに？　アニカがそう言って、コーヒーカップを置く。黒いコーヒーがこぼれてアニカの手にかかり、彼女はやけどした手をぶんぶん振る。

アフメドに関しては、わたしたちは全力を尽くしたし、ほかにできることはなにもなかったのよ、と所長が言う。アフメドはもう、心を決めてしまっていたんだから。

アダムですよ、とわたしは訂正する。

朝、所長が電球を持って区画に現れる。きょうの仕事は、電灯がつかない部屋にかたっぱしから新しい電球を取りつけていくことだという。アフメドの部屋もですか？　そうよ、建物の装備を整えておかなくちゃいけないから。

わたしは籠に電球を入れて廊下を進む。ドアを開けて、まず寝室の、それからバスルームの明かりをつけてみる。椅子にのぼって、電球をはずして、新しいのをつけて、明かりがつくことを確認して、また消す。次のドアに向かう。

アフメドの部屋のドアの前で立ち止まる。ノックしたい。三回、力をこめて。ドアを開ける。レモンと、なにかほかの香りがする。煙のにおいがまだ漂っている。もうだれかが掃除したあとだ。わたしは壁紙の破れたところを指でなぞる。ナイトテーブルに残った煙草の跡。わたしはいつのまにか四つん這《ば》いになっている。ベッドの下を、ナイトテーブルの下を、たんすの下を見ている。なにかを探している。痕跡はひとつもない。

ローゲルが正面出入口のロビーに椅子を出す。十脚で足りるかな？　アニカが言う――わたしがここで働きはじめたころは五十五人いたけど、いまは何人なのかしらね。

六時になって、みんなが学校から帰ってくると、所長がみんなをロビーに集める。来たのは合計で九人だ。エリトリア人、シリア人、イラン人、ソマリア人はひとりもいない。アフガニスタン人ばかりだ。所長はみんなの前に立って、このＨＶＢホームが閉鎖されること、今後の担当は社会福祉局になることを、淡々と事務的に伝える。

最初に立ちあがったのはハーミドだ。所長が言う――大事な話なのよ、あなたたちの人生がかかっているんだから。最後まで座っていたのはザーヘルだけだった。ザーヘル、だいじょうぶ？　ザーヘルは答える――ぼくがどこで暮らすか、どうして、自分で決められないんですか。

アニカがわたしを見る。ハーミドのこと、お願いしていい？

ドアを開けたハーミドは、ズボンで両手を拭いていた。瞳は深海のように暗い。袖が濡れていて、水がしたたっている。製氷皿が床に置いてある。入ってもいい？　ハーミドはベッドに腰を下ろし、言う――ここにはもういられない。まだ一か月あるし、そのあとは社会福祉局がべつの住まいを見つけてくれるよ、とわたしは言う。あなたはなにもわかってない。おれ、十八歳だ。もうここにはいさせてもらえない。

ハーミドがわたしの手を取る。勤務中はだれの手も握ってはいけないことになっている。彼の手は凍てつくように冷たい。あなたに秘密を教える、とハーミドは言う。秘密、だれにも言うなよ。おれ、出ていく。ドイツに行くんだ、アフガニスタン人がたくさんいさせてもらってる。わたしは言う――ハーミド、移民局の決定を待たなきゃだめだよ。この国を出ていくのは危ないし、法律にも反してる。

ハーミドは言う――おれはもう、いろんな国に行った。

夢の中なら、わたしはハーミドに触れられる。天井ははるか高い空に置き代わっている。わたしの腰にアラームはついていないし、指示書のファイルもない。わたしたちはまた、あの野原の馬のそばにいる。風になびくハーミドの髪。わたしの指が、彼の腕に、首筋に触れる。馬は黒く、つややかで、わたしたちに向かって走ってくる。わたしたちはじっと立ったままだ。

掃除はもう、以前ほどていねいにはやっていない。なにも置かれていない表面に雑巾をかける。使いすぎなほど大量に洗剤を使う。ここにはもう長居しないのだ。コンロの上の換気扇フィルターを週に一度きれいにしたところでなんの意味もない。フライドポテトやペルシア風シチューの油がつくことはもうないのだから。

わたしは搬入口に下りていって、食事パックの入ったキャスター付きワゴンを受け取る。鍋や皿に移す気力もない。ただ食事パックを出して冷蔵庫にしまう。

夜の巡回で、わたしはごみを捨てに行く。以前は何度も往復していた。いまは一度で済む。わたしはビニール袋をごみ箱から引き上げ、袋の口を結ぶ。ごみのにおいがするだろうと覚悟していたのに、漂ってきたのはベルガモットの香りだ。振りかえると、すぐ後ろにハーミドが立っている。彼のほうがわたしより背が高くなったことにあらためて気づく。どこ行くの？　彼が肩から下げているバッグを見て、わたしはそう尋ねる。

　ハーミドはバッグを床に置いて、その場にしゃがむ。キッチンペーパーに包んだなにかを差しだす。ドライフラワーと化したバラ。アフメドのお葬式のときのバラだ。アズィザム、いっしょに来て。いっしょにドイツに行こう。子どもを作って、大きな家に住んで、おれが仕事をする、あなたはなんでも好きなことをしていい。幸せに暮らすんだ。彼の瞳は黄金色で、肌はつるりとしている。差しだされたバラを受け取ると、花びらがカサリと音をたて、落ちていく。わたしは言う――ハーミド、わたしはここで働いてるの。いっしょには行けない。

　ハーミドは言う――金が要るんだ。四百クローナ。ハーミド、お金を渡すわけにはいかないよ、知ってるでしょ。彼は両手でわたしの手を包む。わたしは私用のスマホを出す。彼が電話番号を言い、やがて決済アプリで送金が済んだことを示す緑の表示が現れる。ハーミドは階段を下りて去っていく。わたしは指先でバラの茎をなぞる。生ごみコンポスト用の袋に落とす。窓の外に目をやると、ハーミドが自転車で街に向かっていくのが見える。

もうなにが真実なのかわからない。わたしにはその家が見える。わたしは家の中を歩いていて、彼もいる。巻き毛の子どもたちがあちこち走りまわっていて、彼は微笑んでいて、うれしそうで、わたしも微笑んでいる、不安がないから。外はドイツかもしれないし、どこの国でもかまわない。窓にはカーテンがかかっていて、外のすべてを隠してくれる。わたしが彼と結婚すれば、彼には在留許可が出るだろう。

わたしは職員用の携帯電話を出して、ハーミドの番号にかける。電源が切られている。ザーヘルの部屋のドアをノックする。ハーミドがどこに行くつもりか、知ってる？　ザーヘルは首を横に振る。階段を駆け下りると、ザーヘルが後ろから大声で尋ねてくる——どうしてそんなこと聞くの？　わたしは聞きかえす——アズィザム、ってどういう意味？　ザーヘルはにっこり笑う。いとしい人、だよ！

わたしはフェイスブックを開いて、ハーミドを探す。彼のプロフィール写真が見つかる。くるくるの巻き毛に、特徴のある鼻。わたしは彼を友だちに追加して、〝ハーミド、返事して〟とメッセージを送るけれど、彼はオンラインにならない。

外は雨が降っている。わたしは道路を走る。また電話をかける。電源が切れたままだ。わたしの足元はスリッパで、靴下が濡れる。駅で立ち止まると、すぐ外に彼の自転車がとめてある。わたしは周辺を二回、三回と歩きまわってハーミドを探し、彼に似た人をつかまえてぐいと引っぱってしまう。

朝、わたしはノックをせずにハーミドの部屋に入る。お祈り用の絨毯が丸めて壁に立てかけてある。わたしは彼のベッドに座る。掛けぶとんもふとんカバーもそのままだ。外の木に目をやる。声には出さずに、あの言葉を言ってみる。ダラフト。ハーミドと同じように発音してみようとする。フの音。

だれかがドアをノックして、声をかけてくる——ハーミド、いるの？ わたしは立ちあがり、戸口でアニカを迎える。ここにはいません。じゃあ、どこにいるの？ きのういなくなったんです。アニカが部屋に入ってくる。モスクに行ってるんじゃないの？ バスルームのドアを、クローゼットのドアを、たんすのひきだしを開ける。わたし、きのう探しに行ったんです。見つかりませんでした。どうして通報しなかったの？

わたしは答えないし、アニカも答えを期待していない。答えは壁にしみこんでいる。アフメドと同じことを繰りかえすわけにはいかない。

所長が多目的室に入ってくる。いま、ちょっと話せる？　連れ立って所長室に入る。所長が言う——情報は共有してくれなきゃ困るのよ。あの子がいなくなるのを止められたかもしれないでしょう。

どうやって？　閉じこめるんですか？

対話と説得よ。あなたもここで働いてるんだから、仕事の進め方は知っているでしょうに。

ハーミドに在留許可が下りるわけないって、みんなわかってることじゃないですか。新聞を読んだってどこを見たって、そういう情報ばっかりです。

それはわたしたちが決めることじゃないのよ、レベッカ。ここでのあなたは私人じゃない。施設の職員なの。入居してる子たちを支えるために、ここにいるの。それ以外の何者でもない。

支えるためなんかじゃない、とわたしは言う。ここに保管するためでしょう。

アニカが言う――所長ともう一回、ちゃんと話してきなさい。わだかまりを解くだけでいいから。そう言いながらコーヒーを流し台に捨て、食器洗浄機のスイッチを入れる。いやです、とわたしは言う。どっちにしたって閉鎖されるんだもの。クビになったってかまいません、もう何日かしか残ってませんし。でもね、これから就職活動するとき、昔の職場に照会が行ったりするでしょう。そういうこともちゃんと考えないと。アニカは飾ってあった胡蝶《こちょう》蘭《らん》の鉢植えふたつを調理台に置く。これ、ひとつでも持って帰る？　わたしは首を横に振る。アニカは鉢を傾けて、生ごみコンポスト用の袋に中身を捨て、それから目を上げる。ザーヘルの引っ越しが決まったわよ。里親が見つかったの。きのう所長がそう言ってた。スウェーデン人のご家庭に引き取られるんだって、一軒家よ。アニカは植木鉢を置く。わたしの肩に手を置く。きっとだいじょうぶ。わたしはアニカと抱擁を交わす。

わたしは共用スペースの壁に掛かっていた絵や写真を下ろしはじめる。区画の備品を片付ける。専門の会社が来てペンキを塗り直す予定で、ここは高齢者ホームになるらしい。みんなが海に向かって走っている写真。終業式でバラの花を首から下げている写真。ホッケー場で肩を組んでいる写真。わたしは額とガラスを分別し、写真を機密情報用の箱に入れる。消しゴムをつかんで、みんなが落書きした壁をこする。〝アフメド・イズ・キング〟を、〝アイ・ラブ・ユー・ママ〟を消す。洗剤と雑巾を取ってきて、だれかが赤と緑と黒のフェルトペンで描いたアフガニスタンの国旗を消そうとする。どうしても消えない。

川は冷たく、澄んでいる。ぶかぶかのダウンジャケットを着たザーヘルが身をかがめる。水の中で指を滑らせる。わっ、と声をあげて手を振る。どんな気持ち？　わたしは尋ねる。冷たいよ！　そうじゃなくて、里親のおうちに行くの、どんな気持ち？　ザーヘルは小さな白い歯を見せて笑う。里親の人たち、どんなもの食べるのかな？　プレイステーションやらせてもらえるといいな。

　水の流れは速い。ザーヘルが尋ねてくる――子ども、欲しい？　わたしはザーヘルの顔を見る。一年前には知らなかった顔だ。どうだろうなあ、とわたしは答える。ザーヘルは？　ザーヘルは上のほうを見上げて、考えているようだけれど、答えはしない。アフガニスタンにも雪あるんだよ、知ってた？　ザーヘルは水辺のベンチに座り、わたしもそのとなりに座る。ザーヘルが言う――ときどき、目をつぶると、山が見える。山、好きなの？　アフガニスタンの山、とザーヘルは答える。

　山の中を歩いたことある、とザーヘルは続ける。遠くからだと、山は青い。夕方になると、空はオレンジ。ときどき目をつぶって、そういうこと考える。ドアを開けたら母さんに会えて、母さんがぼくのほっぺたさわるんだ、こういうふうに。ザーヘルは手の甲で自分の頬を撫でる。で、弟が帰ってくる。時間ぜんぜん過ぎてないから、弟生きてて、こういうことする。ザーヘルが指先でわたしのおなかをつついて、わたしは飛びあがる。ぼくがギャーって言うまでやめないから、母さんときどき弟たたく。たたくの？　わたしは尋ねる。うん、ザーヘルはそう言って笑う。母さん、ぼくのほうが好きだから、弟たたく。弟のほうが年下だけど、大きくて、太ってる。ザーヘルは後ろにもたれて、言う——ときどき目をつぶって、そういうこと考える。家に帰れる、時間ぜんぜん過ぎてない、って。

戻る前に、わたしは尋ねる――スウェーデンで、なにがいちばんおいしいと思う？　パイナップルの入ってるピザ、とザーヘルは答える。自分で電話して、ハワイアン・ピザをふたつ、ひとつはハムなしでお願いします、と注文する。ピザ屋からの帰り道、わたしたちはハイタッチをして、わたしが言う前にザーヘルが自分で言う――ぼく、いま、すごくえらかったな。

　わたしたちはテレビの前でピザを食べる。こんど大会に出る、とザーヘルが言う。テコンドーの。わたしは微笑む。すごいじゃない、ザーヘル。髪切るの、できる？　ザーヘルにそう聞かれて、わたしは戸棚からバリカンを取ってくる。定例業務のファイルを出して、日付と時刻、名前を書きかけたけれど、結局なにも書かずに閉じる。

　ザーヘルはタオルをマントのように首に巻いて固定する。キッチンのまんなかに置いた椅子に座る。わたしはバリカンでザーヘルの頭をなぞる。黒い髪の房が床に落ちていくのが見える。頭が小さくなり、縮んでいく。やがて後頭部は刈り上げられ、額もあらわになる。ザーヘルは自分の頭のてっぺんを撫でて、言う――横に線入れたいな、クリスティアーノ・ロナウドみたいに。わたしたちはいっしょにグーグルで検索して画像を探す。わたしはバリカンのアタッチメントをはずし、側頭部に細い線を引く。

ザーヘルが鏡の前に立つ。小さくなったように見えるけれど、年齢は上がって見える。写真を撮るようわたしに頼んで、自室のドアの前に立つ。小さな白い歯を見せて笑う。彼は言う――いつか、子どもできたら、写真見せる。ここに住んでて、クリスティアーノ・ロナウドの髪型してたんだ、って。

訳者あとがき

「ここにいることで、わたしは人間らしくなるのか、逆に人間らしさを失うのか、なんとも言いがたい」。スウェーデンの小さな町にある灰色の建物。ひとりきりで逃げてきた難民児童たちが暮らす施設だ。そこで働くレベッカは、入居している少年少女たちとほぼ同年代。職員は規則と指示に従うことを求められ、帰宅したら仕事のことは考えるなと言われている。

レベッカは日々、アフガニスタンから逃れてきた三人の少年たちと接する。来たばかりのザーヘルは十四歳、自分の身に起きたことをなかなか語ろうとしない。年長のハーミドは日々の祈りを欠かさない寡黙な青年で、体にいくつも傷痕がある。踊りながら廊下を歩き、禁止されても室内での喫煙をやめないアフメドは、「眠れるようにメラトニンを、笑えるようにセルトラリンを、真っ暗な穴に落ちていかないようにフルオキセチンを」服用している。

いまはここが彼らの家だ。彼らの身になにかがあれば職員に連絡が来る。レベッカは少年たちとともに食事をし、海へ行き、さまざまな話をし、デートを前にした相談に乗る。移民局とのやりとりを手伝う。少年たちが十八歳を迎えて成人すれば、祖国への送還の可能性も高くなる。時は刻々と過ぎていく……。

『アフガンの息子たち』はエーリン・ペーションのデビュー作だ。ペーションは一九九二年生まれ、ソーシャルワーカーとして働いていたが、作家になる夢を追うため国民高等学校の文芸コースで学びはじめた。そうしてヤングアダルト向けの小説である本書が二〇二〇年に刊行され、二〇二一年の北欧理事会文学賞ＹＡ＆児童書部門という快挙を成し遂げた。
ペーション自身、難民児童の入居施設で働いたことがあり、あるインタビューでこう語っている。「働きはじめたころの私はレベッカと同じで、まだとても若く、心の健康を害した若者たちに仕事で接した経験もありませんでした。助けたい、支えたいと思うけれど、あくまでも仕事ですから、それなりの距離も保たなければならない。そのバランスを取るのがほんとうに難しかった。なにをしても正解にはなりません。どういう職場かは知っているつもりでしたが、実際にその場に身を置いてみなければわからないことだらけでした。人のパニック発作や自殺未遂の現場に立ち会うというのがどういうことか、とか」

　保護者なしで国を逃れてスウェーデンにやってくる難民児童の数は、二〇一五年の欧州難民危機の際に三万五千人を超え、スウェーデンで大きな問題となった（現在は減少傾向にあり、二〇二二年には六百人強が到着している）。未成年の児童が保護者なしで到着すると、移民局がまず児童を受け入れ、難民申請の手続きを開始する。児童は一時滞在施設に入居し、そのあいだに移民局が受け入れ自治体の割り当てをおこなう。受け入れ先となった自治体の社会福祉局が住居や後見人を手配し、学校に行く権利も保障する。

　移民局は児童の難民申請を審査する際に、児童の年齢や成熟の度合い、健康状態を可能なかぎり考慮に入れなければならない、とされている。スウェーデンでは十八歳から成人とみなされるため、そのあとは難民申請の審査も成人を対象としたものに切り替わる。とはいえ、難民児童は年齢を証明するすべをもたないことが多く、本書にもあるとおり、ほんとうに十八歳未満かどうかはしばしば医学的な判断に任される。児童に在留許可が下りた場合、親族を呼び寄せることが可能になるケースもある。

難民児童という政治的議論を呼ぶテーマを扱いながらも、ペーションは難民政策について話すことにはあまり興味がないといい、「政治を超えたところにある物語にズームインしたかった」と語っている。日本人としてこの小説を読むと、日本での状況にも思いを馳《は》せずにはいられないが、さしあたりこのあとがきでは物語のほうに集中したい。

近隣住民との軋轢《あつれき》、難民児童が負っている精神的なトラウマ、施設からの脱走、犯罪集団に取りこまれるリスク……そういった諸々《もろもろ》の問題はスウェーデンでたびたび報じられてきたが、統計やニュースの奥にいる人間の姿はあまり見えてこない。本書の舞台である難民児童の入居施設は、スウェーデン社会のまぎれもない一部であるにもかかわらず、小説という形でここまで克明に、しかも読みやすく描いた作品はこれまでになかった。エーリン・ペーションは本人はこう語っている。「このテーマについて書くつもりではなかったんです。でも、いざ執筆しようと腰を下ろしてみると、私の中から出てくるのはこのことばかりでした。執筆中、たくさん泣きました。物語に没入しきっていました。いまこうして振りかえると、この小説に取り組むことで、私の中のなにかが癒やされたことは明らかです」

灰色の建物を取り囲む現実は重苦しい。だが、レベッカと少年たちの日々には、笑いや温《ぬく》もりも確かに存在している。冒頭の献辞のとおり「明るい日々も、暗い日々も」あって、物語はそのあいだを行ったり来たりする。振り幅は想像以上に大きい。筆致があくまでも静かで淡々としているからなおさらだ。レベッカと少年たちの一見穏やかな日常と、その行間から読みとれる激情。それらをみごとに表現したペーションは、本書の刊行後すでに二作を発表しており、今後の活躍がとても楽しみな作家のひとりだ。

本書の翻訳刊行は、小学館出版局の皆川裕子さんをはじめ、さまざまな方々の支えがあって実現した。また、東京外国語大学世界言語社会教育センターの登利谷正人さんには、アフガニスタンの習慣についての訳者の質問に快くお答えいただいた。この場を借りてあらためてお礼を申し上げたい。

二〇二四年一月

ヘレンハルメ美穂

著　エーリン・ペーション　Elin Persson

1992年生まれ。大学で社会人類学を学んだのち、移民局や難民支援施設などでの勤務を経て、2020年に本書『アフガンの息子たち』で作家デビューを果たし、2021年の北欧理事会文学賞YA＆児童書部門を受賞。2021年には同じくヤングアダルト向けの小説『Det är någonting som drar i mig（なにかがわたしを引っぱっている）』を、2022年には一般向け小説『Sommaren（夏）』を発表している。

訳　ヘレンハルメ美穂（Miho Hellén-Halme）

国際基督教大学卒、パリ第三大学修士課程修了、スウェーデン語翻訳家。S・ラーソン『ミレニアム1　ドラゴン・タトゥーの女』、N・ナット・オ・ダーグ『1793』など、訳書多数。

編集　皆川裕子

アフガンの息子《むすこ》たち

2024年2月26日　初版第一刷発行

著　者　エーリン・ペーション

訳　者　ヘレンハルメ美穂

発行者　庄野 樹

発行所　株式会社小学館
〒101-8001　東京都千代田区一ツ橋2-3-1
編集03-3230-5720　販売 03-5281-3555

DTP　株式会社昭和ブライト

印刷所　萩原印刷株式会社

製本所　株式会社若林製本工場

　ISBN978-4-09-356743-5